KB136429

김린주 시집

바다와 늙은 고래를 위한 협주곡

도서출판
이유

바다와 늙은 고래를 위한 협주곡

지은이 | 김린주
펴낸이 | 정숙미

1판 1쇄 인쇄 | 2024년 8월 8일
1판 1쇄 발행 | 2024년 8월 14일

기획 및 편집 책임 | 정숙미
마케팅 | 김남용

펴낸 곳 | 도서출판 이유
주소 | 서울특별시 동작구 상도로53길 31, 401호
전화 | 02-812-7217 / 팩스 | 02-812-7218
E-mail | verna213@naver.com
출판등록 | 2000. 1. 4 제20-358호
ISBN 989-11-86127-31-5(03810)

바다와
늙은 고래를 위한
협주곡

自序

새벽 단잠을 깨우는 앞산 뻐꾸기소리~!

잠든 새들도 일제히 깨어나 저마다 목청껏 노래부른다.

눈을 감고 새소리 감상하며 초여름 아침을 맞는다.

일찍이 연암 박지원은 《열하일기》에서, '아침 집앞 마당 나뭇가지에 앉아 지저귀는 새소리를 한참 동안 서서 듣다가 방으로 들어오면서, 오늘 책 한 권을 다읽었다'고 했다는데, 그 의미를 새삼 공감하게 된다

임권택의 영화 <시>에서도 주인공 윤정희가 김용택 시인에게서 처음 시를 배우면서, 나뭇가지에 바람이 흔들리고, 구름이 흘러가는 모습을 "본다".

시는 남들이 보지 못하는 것, 안 보이는 것을 보는 일이라는 게 김시인의 모토다.

글쓰기를 게을리하면서 나름 연암의 말을 위안 또는 핑계 삼아, 음악을 감상하거나, 그림, 화초와 나무에 정성을 쏟으며 애써 백지의 공포를 외면해왔다.

활자화되지 못한 글이나 생각들에 익숙해지면서, 점점 글쓰기는 멀어져가고, 남의 일처럼 여겨진다.

몇 년 전 영국의 유명 문학상인 맨부커상을 수상한 한강의 소설이 각광을 받으며, 사람들이 문학에 다시 관심을 갖게 되는 일은, 분명, 좋은 일이다.

오랫동안 글쓰기를 멀리하거나 게을리했던

사람에게도 분명 자극은 되었을 터이다…….

한편으로는, 새는 일부러 울거나 웃지 않고, 나무는 말없이 잎과 꽃을 피워내는데, 무엇을 하겠다고 글을 써서 남에게 보일 필요가 있나 하는, 또 저 게으르고 편한 핑계거리가 스멀스멀 피어오른다.

계절은 어느덧 여름에 접어들었고, 앞산의 녹음은 하루가 다르게 짙어가는데, 난 하릴없이 어제 저물녘, 우리집 베란다 끝에 앉아 지저귀며 쉬다가, 반가움과 놀라움에 가까이 다가가자 달아난 작은 맵새 한 마리의 힘찬 날갯짓만 떠오르고, 괜시리 혼자 바보같이 미소지을 뿐이다…….

* 일러두기 *

김린주 시집 <바다와 늙은 고래를 위한 협주곡>은 **시의 모티프가 된 음악**을 함께 감상하시면 더 좋습니다. 스마트폰으로 시 옆에 첨부된 QR코드를 스캔하는 방법을 설명해 드릴게요. QR코드는 사진처럼 생긴 네모난 모양인데, 이걸 스캔하면 웹사이트로 이동하거나 정보를 얻을 수 있어요. 차근차근 따라오시면 금방 하실 수 있을 거예요.

❶ 스마트 폰에서 카메라 앱 열기
먼저, 핸드폰의 홈 화면에서 카메라 앱을 찾아서 눌러 주세요. 보통 카메라 모양 아이콘이 있습니다.

❷ 시집에서 QR코드 찾기
카메라 앱이 열리면, QR코드를 카메라 화면 안에 보이도록 합니다. QR코드는 검정색과 흰색으로 이루어진 네모난 모양으로, 시 옆에 위치해 있습니다.

❸ 카메라 앱으로 QR코드 중앙에 맞추기
QR코드가 화면 중앙에 오도록 핸드폰을 움직여 주세요. 핸드폰이 자동으로 QR코드를 인식할 때까지 잠시 기다립니다.

❹ QR코드 인식 확인
QR코드를 인식하면 화면 상단이나 하단에 알림창이 뜰 거예요. "이 링크를 열겠습니까?" 같은 메시지가 나올 수도 있어요.

❺ 링크 열기
알림창이나 메시지를 누르면 QR코드가 안내하는 웹사이트로 연결됩니다. 만약 '열기' 버튼이 보이면 그것을 눌러 음악을 들어보세요.

이렇게 하면 QR코드를 인식하여 음악을 감상하실 수 있습니다. 음악과 함께 시를 음미해 보시기 바랍니다.

차례 제1부

제2부

제3부

제4부

방(房)
안에
들어서자

기다렸다는 듯이 음이
쏟아져
나왔다. 누군가 오래 전에 틀어 놓았던 음악.

제1부

음에 흠뻑 젖은 채
황홀하게도 백치(白痴)가
되어 있었다.

음악(音樂)

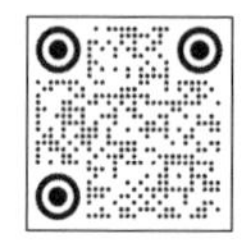

하나의 존재가 완전분해 또는
서서히 해체되어 가는 작업이다.

음악이 흐르는 동안
너도 없고 차이코프스키도 없고
그리고 나도 없다

은밀한 신의 내재.
우리가 홀린 귀들만이
조심스레 그의 시중을 들고 있다

봄날의 노래

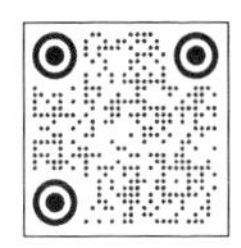

해마다 이맘때면
저 앞산에 꽃불을 놓고
달아나던 방화범이
올해는 내 가슴속에 슬쩍
꽃씨를 던져 놓고
싹이 트기를 기다리더니
꽃들이 도미노처럼 피어나기 시작했다
꽃밭에 숨어
천상의 악기 연주하며
나비와 벌 춤추게 하고
현란한 악보 한 장 떨궈 놓은 채
달아난 그대여
나, 한때 당신을 숨긴 죄로
심장 반쪽 잃었지만
남은 반쪽마저 다 타버릴 때까지
꼭꼭 숨어라
슬픈 그대 그림자
꽃물에 젖은 악보
음표 한 잎 한 잎 지워질 때까지
우울한 노래여

추억(追憶), 혹은 냄새에 관하여

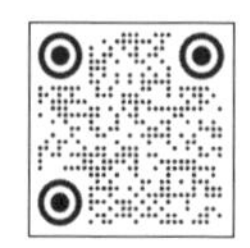

음악이 흐르면서 곧바로
냄새가 피어나기 시작하는 거였다.
그 어느 때던가
아련한 추억 같은 냄새가
열린 두 귀를 통해 맡아지는 것이다.
라일락 꽃자락이며 클라리넷 선율 끝에
섞여 나오는 가녀린 냄새.
냄새에는
저마다의 추억이 담겨 있기 마련인데
아니, 모든 추억에는 저마다
독특한 냄새가 배어있는 법(法)인데,
생각해 보면
냄새에 약한 내가
이 음악을 좋아한 게 아니라
이 냄새를 좋아했던 게 아닌가
여겨질 정도인 것이다.
추억(追憶), 혹은 냄새에 젖어
모차르트에 취해 보는 저녁,
늦은 봄비가 내리고.

한강 레퀴엠

볼프강 아마데우스 모차르트와
가브리엘 포레가 강 한복판에서 만나
싸움을 말리고 있었다.

싸움의 양상은 자못 심각한 것이어서
어느 한 편도 물러서거나
지려 들지 않았다.

강 하나를 사이에 두고
산 자와 죽은 자의 싸움은
좀처럼 그칠 것 같지 않았다.

그때 강 한가운데서 음악이 들려왔다.
싸움하는 자들과 싸움을 말리는 자들과
구경하는 자까지 잠들게 하는.

그 저녁 무렵부터 새벽이 오기까지

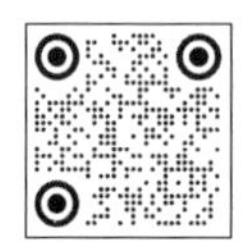

하늘과 대지가 몸을 섞는
내밀(內密)한 시간,
지평선 위로 노을이
꽃물처럼 배어나온다.
내가 두고 온 화원에도 놀이 스며
꽃들이 수런수런 몸을 뒤척인다.

내 마음의 꽃밭에는
웃는 꽃, 우는 꽃,
토라진 꽃들이 있었는데
그 중에 숨은 꽃이 눈에 뜨였다.
벅차오르는 가슴을 쓸어내리며
꽃내음을 맡는데
밑도 끝도 없는 흐느낌이
배음(背音)으로 들려오는 것이다.

* 김영동의 해금독주곡

그대 숨 가쁘도록 슬픈 가락이여,
꽃잎 한 장 한 장
계면조(界面調)로 떨어질 때
나, 돌아갈 곳 있을까.
나, 돌아갈 곳 있을까.

몰다우 강(江)

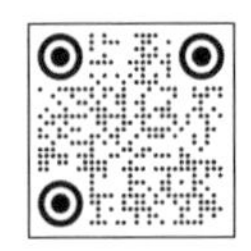

장마가 북상(北上)하면서
강이 눈에 띄게 불어났다.
빗방울 하나에
음(音) 하나.
천지에 수묵(水墨)처럼 번지는 향연.
나는 강둑에 앉아
위험수위를 훨씬 웃도는
몰다우 강(江)
그 황홀한 범람을
지켜보고 있었다.

나의 삶이 생(生)으로부터
느슨히 두어 발짝 비켜서는 날,
주저 없이
저 소용돌이치는 황톳물 속으로
뛰어들고 말리라.
그리하여 몰다우 강 가장 깊은 곳으로
허우적거리며 수장(水葬)되어 가면서도
생각하리라.

내 참회록(懺悔錄)의 표지 그림과
묘비명(墓碑銘)에 남길 시구 하나를……

* Die Moldau : 스메타나(Bedrich Smetana 1824～1884)의
교향시 「나의 조국」 중 제2곡

첼로의 노래

빗소리.
지친 내 영혼의 단잠을 깨우는 저 빗소리.
문득 빗속을 뚫고 한밤중
늙은 바흐가 흰 머리칼을 날리며
커다란 첼로를 타고 날아가는 것을 보았다.
그는 활도 없이 가장 낮은 현(絃)을 켰는데
묘하게도 지친 말울음 소리가 났다.
나의 심장을 여지없이 긁어대는 소리.

사람을 구원해줄 수 있는
소리에 대해 생각했다.
지상에 순정한 울림과 떨림만 남긴 채
저세상에 간 파블로 카잘스.
첼로는 여전히 낮은음자리표를 맴돌고
나의 잠을 끝없이 앗아가는 저 빗소리.
아아 영원히 잠들지 못해도 좋은
빗소리.

---

* 파블로 카잘스(Pablo Casals 1876~1973) : 스페인의 전설적 첼리스트로 바흐의 무반주 첼로조곡 연주로 유명하다

막스 브루흐의 집

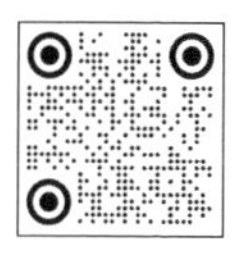

방(房) 안에 들어서자
기다렸다는 듯이 音이 쏟아져 나왔다.
누군가 오래 전에 틀어 놓았던 음악.
음에 흠뻑 젖은 채
방을 나왔을 때 나는
황홀하게도 백치(白痴)가 되어 있었다.

＊막스 브루흐(Max Bruch1838~1920) : 독일의 작곡가.
<스코틀랜드 환상곡>, <콜 니드라이> 등의 곡이 있음.

적념(寂念)_김영재의 해금산조

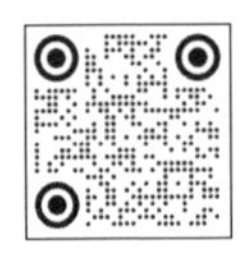

시동을 끄려는 순간 강한 빗줄기가
세차게 차창을 두들겨 댄다.
카오디오에서 느닷없는
음악의 세례를 받는다.
두 가닥 현에서
뿜어져 나오는 강력한 화음
약속시간도 잊은 채

차 안이 그대로 운주사요 부석사다.
베드로 성당이며 몽마르뜨언덕의
성심 성당이다.
강신(降神)의 시간,
일체의 욕망이 오금도 못 펴는
적막강산에 들어앉아
그대로 니르바나에 빠져드는
폭우 속 화엄(華嚴)주차장!

미사 솔렘니스

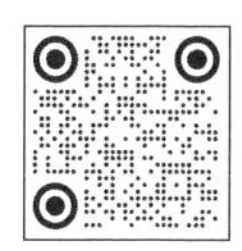

1

순례자들로 붐비는
오스트리아 빈 중앙묘지 32-a구역
베토벤의 무덤에 촛불을 켜 둔다.
바람을 양 손바닥으로 막으며
생전의 그를 위해 뭔가 해준 듯한
착각을 한다.

어둑해진 음악가 묘역엔
빛 바래고 색 바랜 꽃다발들이
놓여져 있다.
누군가 조화(弔花)처럼 펼쳐 놓은
악보를 시창(視唱)하며
시내행 막차를 기다린다.

2

늦가을에서 초겨울 무렵
서울근교, 경기도 일대
바람처럼 들판을 쏘다니며
나이 드실수록
화장(火葬)을 두려워하시는 아버지

아픈 생애 묻을 곳을 찾고 있었다.

경기도와 강원도의 경계인 경강
북한강을 사이에 두고
마치 생의 경계라도 되는 듯이
도계휴게소 지나자 경춘공원 나타난다.

3
뒤돌아보기엔 이미 늦은 순간,
제발 돌아보세요
돌기둥이면 어떻고 소금기둥이면 어때요
아버지 막 넘어가시는 그 문턱에
어린 향나무 묘목 두 그루 심어두고
장엄미사 악보를 더듬더듬 읽고 있다.

---

* Missa solemnis(장엄미사): 베토벤이 만년에 5년 걸려 작곡한 미사곡(라장조 작품123)

시벨리우스

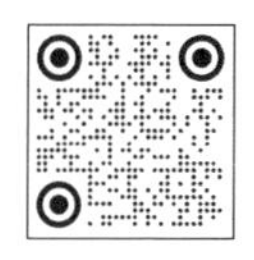

소년은 기도시간에 눈을 뜨고
생각에 잠긴다.

북국(北國), 어느 눈오는 나라엔
아직도 거대한 설인(雪人)이 살아 있어
이 세상 어딘가를 거닐고

핀란디아,
전설(傳說) 같은 음악이 쌓인다.

솔베이지의 노래

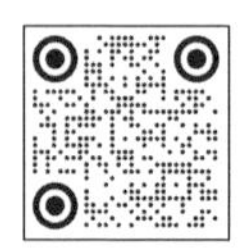

1

추워라.
봄부터 여름까지 물구나무 서서 기다려도
해는 뜨지 않는다.
꿈만 같던 세월이 거꾸로 흘러 다시
겨울이 오면 따뜻해질까.
남국의 바람에 나부껴
죽은 자의 영혼과 산 자의 육체가
오랜 포옹을 풀고 춤을 추는 곳,
가고 싶어라.

2

돌아오지 않아도 좋아요.
사람들아, 내 마음 잘 안다는 듯
노래하지 말아요.
당신이 골고다 언덕을 지나던 날
붉은 손수건 흔드시며
돌아온다던 옛 맹세는

저물렵 서녘하늘 아래
잠시 스쳐 보이던 무지개처럼
아련히 스러져 가는데
내 노래는 새벽을 밝혀 울음 우는
귀뚜라미를 닮아
아, 이대로 돌이 되어도 좋아요.

3

그 노래 소리는 아버지이신 하늘을 움직여
이 땅의 끝에서 저 하늘 닿는 곳까지
황홀한 무지개 다리 수놓았으니
오오, 전 생애를 통한 신실한 기다림이여,
시공을 초월한 경건한 승리여.
재회의 기쁨은 이별의 슬픔에 앞서고
노래 소리는 온천지에 그득 하구나.

콜 니드라이

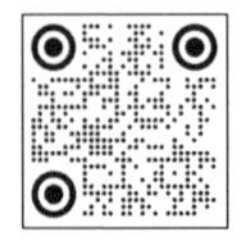

여기는 슬픔의 비무장지대.
오래 묵은 그리움이 눈을 뜨는 날,
갈빗대를 꺼내 톱으로 켜는 듯
더 이상 어찌할 수 없는 슬픔을
무장해제 시켜 주기로 결정하고

군사분계선 너머에는
사랑처럼 아름다운 강(江)이 흐릅니다.
꿈처럼 슬픈 음악(音樂)이 흐릅니다.

* Kol Nidrei : "신(神)의 날"이란 뜻의 히브리어로 막스 브루흐(Max Bruch)의 첼로독주곡.

겨울소묘

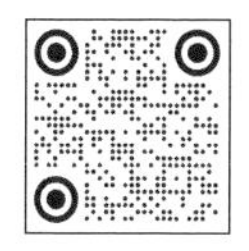

첫눈 오는 날 명동거리에서
슈베르트처럼 생긴 고수머리 사내가
휘파람을 불며 아직
순수한 성기(性器)를 지닌
그의 지난날 친구들을
찾아 서성이고,
그 등 뒤로 지나가는
자칭 예술가들이 입을 모아 하는 말,
'저 친구 어디서 많이 보던 얼굴이야'.

구스타프 클림트 전(展)

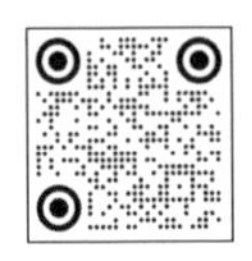

오지리에
색 잘 쓰는 화가가 있었대.
특히 황금색을 잘 썼는데
한 번도 결혼한 적 없는 그는
애가 무려 열넷이나 되었다지 뭐야
색이 공이란 진리를 깨닫기도 전에
그이는 스페인 독감으로 죽고 말았대.
그림을 찬찬히 들여다보고 있자면
말러의 5번 교향곡이 흘러나오지 뭐야.
왜 있지, <베니스에서의 죽음>이란 영화에
흐르던 그 음악 말야.
말러는 화가라는 뜻의 독일어와
발음이 똑같대나.
색 잘 쓰는 그의 모델들이
공으로 준다 해도 일 없어.
난 이미 무채색이 돼버렸거든.
아무튼 오지리에 가면
내 대신 꼭 그 그림을 봐줘.
전남 곡성군 오곡면 오지리냐구?

에릭 사티 씨(氏)네 개를 위한 소네트

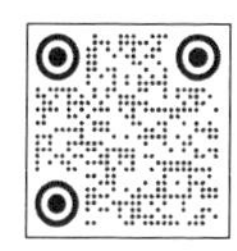

그의 집 개는 좀처럼 짖을 줄 모른다.
그렇다고 다른 집 개들처럼
귀족 티가 난다거나
위풍당당한 외모를 지니고 있지도 않다.
한 가지 특색이 있다면 신기하게도
피아노 소리를 좋아한다는 사실뿐이다.
에릭 사티씨는 그 한 가지 만으로도
이 작고 볼품 없는 개를 사랑한다.
그에 비해 조금도 음악성이 뒤지지 않는
이 잡종을 끔찍이도 사랑한다.
그는 바르돈지 비르돈지 하는
글래머 배우처럼
동물애호가는 아니지만
동물을 학대하는 사람들을 미워한다.
실제로 동양의 어떤 나라에선
개를 즐겨먹는다는 얘기를
들은 바 있는 그는
분노보다 슬픔이 앞선다.
이런 개만도 못한……

---

* 에릭 사티(Erik Satie 1866~1925) : 프랑스 현대 음악가. '세 개의 짐노페디', '엉성한 진짜 전주곡-개를 위하여' 등의 피아노 작품이 있음.

월광

꽃과 음악 사이

나는 꽃잎 한 장 한 장에
음계를 부여했다.

도 레 미 파 솔 라 시

솔페지오 창법(唱法)에 익숙치 못한
낡은 세대들이
꽃을 한아름 사 안고
달빛에 흠뻑 젖어가고 있었다.

비창

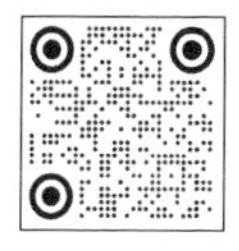

눈물이 오선지에 묻어 잉크가 번졌다.

독보력이 약한 연주자는
곡이 끝나도록 연신 땀을 흘리고

고매하신 신사 숙녀 여러분은
정확한 스타카토로
웃음을 삼키려 애썼다.

신세계

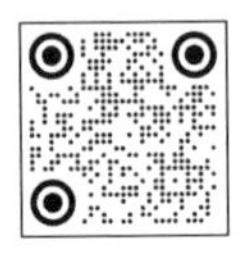

쉽게 사는 법을 잘 모르겠다.

홍안의 소년이 황소 등에 탄 채
몽금포 타령을 불어 젖힌다.

그 악장이 끝날 무렵에야
피리 부는 법이 어려운 걸 알았다

한강, 사랑노래

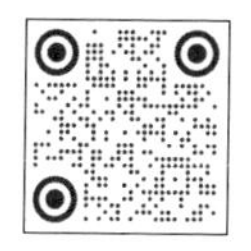

한때 강줄기 흐름마저 바꿔 놓았던 우리들
사랑이 꿈 속 같이 아득해 기억도
희미해진 채
가물가물한 옛 얘기로 남게 되고,
한 시대를 앓아 누운 죄 밖에 없는 내 젊음이
날로 퇴화해 가는 부끄러운 시대
어느 지층엔가 잠시 머물러 있을 때
산다는 일은 또 뭔지
네가 아름답다는 사실조차 미처 몰랐구나.
상대적으로 더욱 초라해진 내 모습에서
기억 속에서만이 아름다운
기억들을 걸러내자면
얼마만큼 설움과 눈물을
견뎌내야 하는 걸까.
계절이 바뀌고 또 한 시대가
그렇게 저물 무렵
너는
캄캄한 어둠 속에서 눈 비비고
언 땅을 딛고 섰을 때

악보 없이 부를 수 있는 유일한 노래
다시 한 번 강줄기 흐름마저
바꿔 놓을 우리들
사랑노래 목이 터져라 불러야 한다.

젊은 예술가의 초상(初喪)

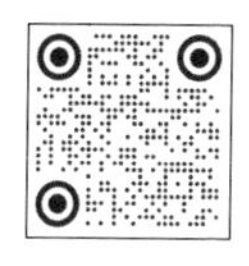

1

텅 빈 감상실에서 쇼팽을 듣는다.
빈집을 지키는 어린아이의 심정처럼
이럴 때 나의 귀는
어디를 향해 열려 있는 것일까
한때는 나도 꿈 많은 소년이었다.
그 꿈의 무게에 가위눌려 허우적거리며
새벽 찬바람에 식은땀을 닦던
어린 시절의 아슬한 기억 끄트머리에 앉아
어머니보다 눈물이 많으신 아버지는
남몰래 울고 계셨다.

2

야누스에게 까닭 모르고 버림받은 1월은
등도 없이 밤 대문에 썰렁히 걸리고
만국기가 휘날리는 꽃가마에 탄 채
아름다운 만가(輓歌)를 들으면서
산(山)으로 산(山)으로 나는 떠나갔다.
보고 듣고 말하고 느끼고 만나고 헤어지고
사랑하고 미워하는 것으로부터의
완전한 자유, 오, 신선한 슬픔이여!

3

그날 밤 나는 화려한 병력(病歷)
끝에 죽은
그의 집 주위를 맨발로
서성이며 밤새도록
내가 평생 잃어버린 것들을
찾고 있었다.
그러나 사랑도, 신앙도
거기엔 없었다.
결국 겨울비를 흠뻑 맞으며
새벽녘에야 간신히 찾아낸 것은
겨우 빛 바랜 시(詩) 한 구절,
아름다운 사람은 아,
죽어서 모두 별이 되는 걸까.
아버지보다 속이 한 뼘은 더 깊으신
어머니, 이제 그만 눈물을 그치시지요.

4

이제는 등을 봐도 무섭지 않을
자신이 있다.
우스운 일이다.

오랫동안 내 의식을 묶어 놓았던
그 콤플렉스를
스스로 풀어 버렸으니.
하지만 내 생애를 바쳐 사랑했던 사람이여,
갈 길은 멀고 길은 험한데
그 고운 머리카락 풀어헤치고
대체 어디까지 따라오려는 건가, 그대는.

5

눈물 없는 나라에 살고 싶었지.
허나 그것은 부질없는 짓.
눈물은 방울방울마다 질긴 사랑이었어.
그런데
하늘에 계시는 하느님 아버지
당신 눈부신 사랑은 빈 몸 그득 넘치오나
당신의 두 눈엔 눈물이 소주보다
맑은 눈물이 왜 아니 흐르는가요
아들은 홀로 이렇게 눈물로 빚은
황홀한 축배를 드는데……

겨울 편지(便紙)_딸 하은(霞隱)에게

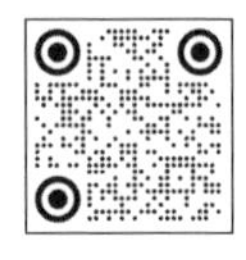

조지 윈스턴이 치는
파헬벨의 캐논 바리에이션을 들으며
올해도 어김없이 저무는 한 해를
뒤돌아봅니다.
그의 손가락 끝에서 전달되는
하며 클라비어의 강한 톤을 따라
천국의 계단에서
한 무리의 천사들이 강림해 옵니다.
지난 한 해 동안 누구를 더 사랑하고
누구를 더 미워했는지 말해 보라고
그들은 한목소리로 다그칩니다.
내 가슴을 사정없이 두들겨대며
황홀하게 엄습해오는 그 소리들 때문에
거의 졸도할 지경입니다.
누구보다도 나 자신을 사랑하고
누구보다도 나 자신을 더욱
미워했었노라고
대답 대신 빈 겨울 들판에 홀로 서서
온몸으로 찬바람을 맞겠습니다.

즐거운 마음으로,
약간은 서글픈 마음으로.
그것이 나의 솔직한 편지,
그리 난해하지만은 않은 음악입니다.

사라지는 강에 대하여

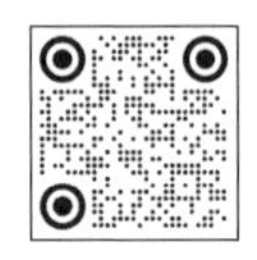

공포의 시간이 다가옵니다.
시시각각 조여드는 정체 모를
불안에 휘감기며
사람들은 입을 다물고 있습니다.
암울한 몽상에 젖어
날마다 사라지는 강에 대하여
침묵하고 있노라면,
이제는 보이지 않는 강
보이지 않는 음악같이
당신은 길게 누워 있습니다.

강이 흐르듯이
역사는 앞으로 흘러가게 마련이지만
때론 역류하기도 한다는 사실을
미처 생각하기도 전에
당신은 떠나가고
친구여,
우리가 맨 처음 만나던 때처럼
풋풋한 강이 흐르고
신선한 음악 소리 들려오는
그날이 끝내 그리워집니다.

잠 못 이루는 새벽이면 강가로 달려나가
확인해보고 또 확인해보아도
강이 흐르던 흔적은 간데없고
대신 공포의 시간이 흐르고 있습니다.
꿈속에서마저도 불길한 꿈을 꾸는
우리들의 새벽은 어둡기만 한데
두려움보다는 부끄러움이 앞서는
공포의 시간이 다가옵니다.

바다와 늙은 고래를 위한 협주곡

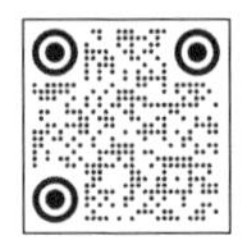

제1악장 · 끌로드 드뷔시 전(傳)

만년의 그는 고국을 등지고 아름다운 한국의 남도 부산에서 고래잡이를 하며 여생을 보내고 있었다. 그는 주로 자갈치 시장에 앉아 종일 바다를 바라보며 낡은 작살을 손질하며 지냈는데 그가 기다리던 수염 난 늙은 고래는 좀처럼 나타나 주지 않았다. 나는 시장에 들를 때마다 불치의 병을 앓으며 시장바닥에 쪼그려 앉아 있는 그를 보고는 까닭 모를 슬픔에 잠기곤 했다. 해서 나는 없는 돈을 모아 그에게 언젠가는 크고 튼튼한 새 작살을 선물하리라 마음먹었다. 비가 억수로 퍼부어 대던 날 밤, 나는 그를 시장 모퉁이 선술집에 데려가 자리를 같이했는데 카바이드 불빛을 바라보며 잠자코 있던 그가 느닷없이 혼잣소리로 나지막이 중얼거렸다.

바다는 바다는
눈물 많은 바다는
누구를 부둥켜안으려

어깨동무하며 달려오는가.

그날 밤 이후, 나는 그의 모습을 발견할 수 없었다. 그가 어디선가에 죽어 있으리라는 생각을 할 때면 가슴 끝이 저며와 견딜 수 없었다. 마침내 나는 심한 열병을 앓으며 자리에 눕고 말았다.

제2악장 · 장마전선

포구에 바람이 불고
언제나 정물로 정박해 있던 배들이
떠난다.

뱃고동 소리, 누군가 떠나는 소리.
그것은 너무 난해한 음악이다.
드뷔시보다도 인상파보다도 어려운
얘기다.

바람이 파도를 때리고
파도는 그러한 난해한 음악들을,

난해한 언어들을
단숨에 수장시켜 버린다.

새벽, 해변을 걷다 보면
간밤에 내가 버린 음계들과
구겨져 버린 오선지 따위들이
여전히 불완전 화음인 채 발길에 걸린다.

겨우 두 옥타브 정도밖에 수용 못하는 바다와
항시 낮은음자리표로 걸려 있는
우리들의 슬픈 초상만큼이나
나의 음역은 폭넓지 못하다.

거대한 먹구름이 바다를 뒤덮을 때,
수없이 사라진 음(音)과 현(絃)의 넋을 위하여
비애와 설움으로 드리는 진혼제.

그러나 권태는 끝이 났다.
보라, 파도가 치고 해일이 몰려오지 않는가.
닻을 올려라.
고대하던 우리들의 항해가 시작됐도다.
가자,
고래가, 수염 난 늙은 고래가 우릴 기다리는
저 미지의 섬으로.

제3악장 · 고래를 위하여

우리가 그 밤늦게 장생포 앞바다에 도착했을 때, 갑판 위에서 묵묵히 바다를 바라보고 있던 그를 발견하고 나는 한걸음에 그에게 다가갔다. 한데 그는 아는 체도 않고 뱃머리의 포수석에 가 앉았다. 그리고는 나의 시선을 뿌리치며 입을 열었다.

그대, 가난한 이여.
더 이상 그런 음탕(淫蕩)한 눈으로
바다를 보지 마오.

바로 그때, 고래를 발견했다는 경보가 요란스레 울려 퍼지고 선원들은 서둘러 제자리에 들어섰다. 달빛도 없이 맑은 바다, 태풍의 전조. 잔잔한 해면에 물결이 일고, 물살을 가로지르며 서서히 나타난 웅장한 참고래. 그의 등엔 그러나 수 세기 전부터 인간이 쏘았던 무수한 작살들이 부러진 채 꽂혀 있었다. 포수들이 일제히 정조준하는 순간, 바다는 미친 듯이 들썩거리기 시작했다. 그의 손에 낯익은 작살이 쥐어지고 눈 깜짝할 새에 그가

고래의 등 위로 뛰어내리자, 휘몰아치는
태풍 속으로 그들은 사라져 버렸다.

달아나라, 고래여, 늙은 고래여.
검붉은 피를 쏟으며 힘차게 달아나라.
그리하여 다시 수 세기 후,
인간의 자손들에게
바다와 너의 역사를 들려주라.
너희들 인간은 참으로 어리석었노라고.

새벽에 내가 만난 고래는
난파선의 커다란 파편처럼
검은 바위 뒤에 길게 누워 있었다.

나는 잠자코 그의 수염을 쓰다듬어 주며
형용할 수 없는 기쁨과 슬픔과
사람이 산다는 것에 대해 생각했다.

아침 해가 뜨기 전에
수염 난 늙은 고래는
병약한 그를 등에 태우고
수평선 너머 인간이 다다를 수 없는
역사 위의 역사 쪽으로
말없이 사라져 갔다.

제2부

꽃철 다 지나고 잔잔해진 화원 한 켠에
뒤늦게 피어난 환한 꽃
불 꺼진
텅 빈 객석
비상등처럼 홀로 켜져
어둑한 내 마음 뜨락 물들이며 은은히
살물 뿜어내는 환한 꽃

환한 꽃

꽃철 다 지나고
잔잔해진 화원 한 켠에
뒤늦게 피어난 환한 꽃
불 꺼진 텅 빈 객석
비상등처럼 홀로 켜져
어둑한 내 마음 뜨락 물들이며
은은히 살물 뿜어내는 환한 꽃

봉숭아

뜨락 구석진 그늘 언저리에
어쩌다 햇볕이 들면
수줍은 고개 살포시 들고
분홍빛 다홍빛 한아름
색동웃음 짓는
고운 여인이 있어
시선을 끌다.

산화가(散花歌)

먼발치에서 바라본
환한 풍경
결코 동화될 수 없는 자리
동네 어귀 느티나무 아래
장맛비를 맞고 서 있어도
몸은 젖지 않고
왼편 가슴께만 촉촉이 적셔오네
빗물에 젖은 꽃을 뿌리며
나, 꽃술 속으로 젖어드네
오지 않는 임을 그리며
나, 길바닥에 뿌려지네

어느 날, 문득, 꽃밭에서

찔레꽃밭이다.
넝쿨장미 다발 속이다.

어허, 잊었던 얼굴들이
애써 잊으며 살았던 얼굴들이
이렇게 한꺼번에 화들짝
놀라움으로 피어날 줄이야.
결코 잊을 수는 없는 향내와
그 곱던 자태를 고스란히 간직한 채
해마다 오월이면
금남로에서, 시청, 서울역에서
한바탕 해후인 듯 다시 만날 줄이야.

찔레꽃밭이며
넝쿨장미 다발 속에서.

들에 핀 꽃

들에 핀 꽃이 아니라기에
차마 함부로 꺾지 못했습니다.

무어라 이름 붙일 수 없는
한 송이 꽃이여.
들판엔 바람, 산에는 자유,
그리고 사람의 마을엔 저녁입니다.

사람의 가슴에 저마다 그림자를 안고
황망히 집으로 돌아갈 즈음,
나는 무언가 잃어버린 것만 같아
발길이 떨어지지 않았습니다.

무엇일까
들판에 홀로 버려두고 온 신앙 같은
꽃이라 부르기엔 너무 기쁘고
풀이라 부르기엔 슬픈

그러나 들에 핀 꽃이었기에
더욱더 꺾지 못했습니다.

숲_하민(霞旻)에게

가을 숲, 푸른 안개 속으로
나무들 낮게 낮게 몸을 숙이고
감추인 것들이 하나둘 드러나
보이는 새벽,
아이의 손을 잡고 젖은 山을 오른다.
발 아래 세상은 아직 아득한데
삶은 왜 이리 황폐해져 가는가.
안개와 어둠이 걷히면
아이는 세상을 배우고
잎 진 나무들과 더불어 성장할 테지만
그 안에 도사리고 있는
기성(旣成)의 껍데기를 알기나 할까.
그 껍질을 벗기려 부단 애를 쓰다
자신도 그 단단한 껍질의
일부가 되리라는 걸 짐작이나 할까.
가을 숲, 푸른 안개 속에는
저희들끼리 온몸을 부비며
참한 아이들에게 거부(拒否)의
몸짓을 가르쳐주는
황홀한 나무들이,

잠들지 않는 음악들이
그나마 살고 있지만……

First of May

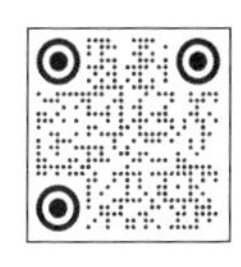

1

그대
그늘진 벼랑 아래 진홍으로 피어나
아주 낮은 바람으로 불어도
외롭지 않거든 그저
외롭지나 않거든
가냘픈 선율을 따라 흐느적,
흐느적 잊혀지지나 말지……

2

라일락 꽃가루 은빛으로 날리면
하얀 꽃길 우에 가벼운 몸짓 하나.
작은 꽃잎 한 장 주워 들고
나는 이렇게 웃고 있지 않니?
햇살 몰리는 텅 빈 교정에서.

3

부연 구름 한가운데 노란 달 흔들리며
어지럽게 맴돌다 또 흔들거려

아마 꽃으로 피는 달이야.
별이 늦은 날 저녁에 꽃을 기다리다
그만 꽃으로 지는 달이야.
그날 그밤에 우리는
날이 새도록 꽃비로 내렸지.

장미

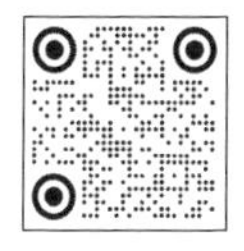

가슴에
무슨 원죄(原罪)처럼 품고 있는 첫사랑.
슬픈 날,
혼자서 몰래 듣고 싶은 음악.
꿈속에서조차 맡아지는
아찔한 살내음.

어두운 시대에
어둠의 무리들과
어울리지 말라고
한 다발,
가슴에 안기는 것이었다.

이팝나무

세상 두려운 게 별로 없던 시절
안동 도산서원 뒷마당에서 처음 보았지요.
결코 만족을 모르는 욕망을 좇아
산야(山野)와 바다를 헤매다
눈송이처럼 흩날리던 이팝나무를 보고
켜켜이 쌓인 욕망 하나둘 거둬 냈지요.
내 어둑한 마음의 방
욕망을 다 게워낸 그 자리에
팝콘 같은 새하얀 꽃들이
환하게 터지네요.

자귀나무

장대비 퍼붓고 천둥소리 요란한데
세상과 그만 결별하기로 작정하고
돌아서던 날 밤
어린 공작새 깃털 같은 자귀나무 꽃잎이
내 맘 다 안다는 듯
어깨에 사뿐히 내려앉았네.
잎사귀들은 짝을 지어 잠을 자고
늘 물기 어려 서늘한 눈매를 한
기다리던 사람은 오지 않지만
주홍빛 솜털 같은 꽃잎만
자귀야 자귀야 예쁜 짓 하며
내 가슴 통증 어루만져 주었네.

배롱나무

선운사 대웅전 앞에
쌍둥이 협시보살처럼 나란히 서 있는
배롱나무 한 쌍
뒤뜰의 동백숲보다
부처님 얼굴보다
이 배롱나무 보고 싶어
먼 길 자주 찾아왔네.

상계동 길거리 화원에
비 맞고 서 있던 엄청 큰 배롱나무
서둘러 집안에 들이고
크리스마스트리로 장식했는데
어느 여름날 화단에 비 맞히다
잃어버려 일주일간 아파트 뒤지고 다녔네.

첫 부임했던 여고 운동장에
교사(校舍)보다 높이 솟아 있던 배롱나무
목백일홍은 그 학교 교목(校木)이었네.
창 밖을 가려 운동장이 안 보인다고
커다란 가지 자르려 하자
눈물로 막았었네.
학교 리모델링한다고 다시 가봤더니

심하게 가지치기 당했네.

분재원에서 갓 심은 어린 배롱나무
젊은 날 가까이했던 나무들이
환생(還生)한 듯
누가 가져갈까 얼른 데려와
뒤틀린 수형(樹形) 바로 잡아주며
다시는 헤어지지 말고 오래오래 살자
다짐했네.

좀작살나무

난지천 공원 산책로에
떼 지어 심어 놓은
좀작살나무,
어느 봄날인가부터
꽃내에 취해
몸도 제대로 가누지 못하는
우기(雨期)의 사내를 보자
무수한 작살들을 가다듬어
일제히 심장을 향해 겨누고,
그 사내, 두려운 기색도 없이
기꺼이 즐거운 표적이 되어
왼쪽 가슴을 내어준다.

너도밤나무

이파리나 수피(樹皮)는
밤나무와 똑 닮은 너도밤나무
가슴께에 굵은 옹이를 보니
너도 깊은 내상(內傷)을 입었나 보구나
어떤 위로의 말로도
치유될 수 없는 흔적
그나마 밤꽃 향기가 있어
천둥 번개가 몸서리치는 이 밤,
가슴 통증을 쓸어내리며
형언(形言)할 수 없는 기쁨과
슬픔으로 교감(交感) 나누는
나도 밤나무

화살나무에게 화살을 맞다

아내와 새로 이사 온 아파트 공원
벤치에 앉아
지나온 삶보다는 남은 생에 관해
서로가 불쌍타고 위로와 탄식을 내뱉는데
심은 지 얼마 안 돼 영양이 안 좋은
측백나무 몇 그루가 측은하게 바라보고,
어차피 삶이 유한하거늘
시한부 인생을 사는 건 당연한 일
아니겠냐는 듯
화살나무 울타리에서 수백 개의 화살을
쏘아대는 것이다.
가슴에 무수한 화살을 맞은 채
산책로에 심은 나무들을 유심히 살펴보며
삶이란
온전히 뿌리를 내리기도 전에
낯선 땅에 옮겨온 조경수들 같다는
생각을 하는데
경비원 아저씨가 무심히
죽은 측백나무 대신 새로 심은
둥근 주목에 물을 주고 있다.

장마 속에 핀 연꽃

장마가 계속되자
개구리 맹꽁이들의 울음소리가
절정이다.
이산가족을 찾는 소리
집 떠내려갈까 걱정하는 소리
상습 침수지역에 사는 출가한 딸과
비만 오면 낡은 축대 걱정하시던
생전의 아버지 한숨소리
지난 번 장마 때 떠내려간 내 몸을
나는 아직 찾지 못했다.
몸과 마음이 따로 떨어져
이 빗속을 헤매고 다니는데
어디다 무엇을 실종신고 해야 될까
개구리 맹꽁이 울음소리는
누군가의 울음과 섞여
밤새 그치지 않고
어느 먼 강 하류쯤에서
형체도 알아보기 힘들 정도로
퉁퉁 불어 있을 몸뚱아리
다만 노오란 연꽃 한 송이
선명히 피어난 그 몸뚱아리를

내 마음은 좇고 있는 중이다.

불길한 꽃

뜨락 한 구석
암내를 풍기며 벌 나비 유혹하던
탐스런 꽃

끝 간 델 모르는 욕망이
서서히 수그러들고
이지러진 꽃잎
화장 지운 맨얼굴로
늙은 창녀처럼 길가에 나앉아
온몸으로 장맛비 맞고 있다.

내 청춘 어느 빛나던 한때
절절 끓는 가슴에 품었던
불길한 꽃

내장산(內藏山) 단풍

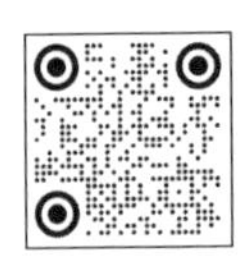

단풍놀이는
나이 들어 가는 줄만 알았는데
11월 내장산은 말을 잊게 만든다.
이승의 뜨락에 유품(遺品)처럼
서 있는 단풍나무 한 그루
여름 내내 간직한 황홀한 비밀을
온몸으로 뿜어낸다.
산에 오르기도 전
얼굴에 이미 단풍 든 사람들로 북적이고
형형색색의 잎들이 웃음을 띄며
네 속에 무엇을 감추고 있느냐고 물었다.
주머니를 뒤지고 몸을
마구 더듬어 쑥스러웠는데
원적암(圓寂菴) 앞 비자나무 늘어진 가지에
오장육부를 꺼내 말려보니
거기 퇴색(退色)된 욕망이
반짝, 모습을 드러낸다.
순간 목탁소리 대신
부끄러워 부끄러워 아쟁소리가
맹렬한 기세로 춤을 추고
단풍잎 하나 무슨 비밀이라도 되는 듯

내장 깊숙이 감춰둔 채
서둘러 일주문을 빠져나간다.

늦가을 서오릉

서오릉 산책로에서 만난 단풍터널
하늘엔 울긋불긋 꽃별들이
땅에는 별 그림자들이
화려한 수를 놓고 있다.
숲 안쪽에선
해마다 나뭇잎들이 천상에서
일제히 지상으로 내려와
자리를 양보하는 것이다.
잎들의 순간 위치이동!
발밑에 쌓인 무수한 낙엽들도
한때는 천상에서 마음껏 자태를 뽐내며
언제까지나 그 자리를 지킬 것만 같았는데
되돌릴 수 없는 지상의 시간을 뒤로하고
저렇게 미련 없이 자신을 비워주는 것이다.
팔려고 내놓은 집 구경 온 사람에게
집안 구조를 친절하게 안내해주는
집주인처럼
빈 가지를 드러냄으로
숲의 내부를 보여주는 고마운 나무들
잎이 무성했을 때는 몰랐던 늦가을 숲

허허로운 풍경이
이제 낯설지 않게 다가오는 것이다.

개심사에서

안개 속에서 누군가 바라보고 있다.
형체를 알아볼 수 없는 한 떼의 무리
서해대교를 건너자 저격수처럼
숨어 있다가
불쑥불쑥 나타나는 겨울나무들.
안개 속에 숨어 있는 것은
나무만이 아니다.
욕망,
개심사(開心寺)를 수차례 다녀왔어도
열리지 않는
냉가슴 속에 숨어 있더니
슬그머니 정체를 드러낸다.
사그라진 줄만 알았던
기억하고 싶지 않은 욕망의 잔재들이
아니, 욕망의 뿌리들이
송두리째 아우성치며
차가운 살갗에 달라붙는다.
흐리고 안개비 내리니
가지에 매달린 마지막 이파리들처럼
부질없는 욕망들이

겨울나무 뒤로 다시 몸을 숨기고,
안개 속에서 누군가 흐느끼고 있다.

이생규장전(李生窺墻傳)

그 여름 장마 무렵,
사랑을 놓친 연인들이
담장 안을 기웃거리다가
비에 젖은 자귀나무 몸통을 만지며
담장 하나를 사이에 두고
서로를 그리워하더니
돌아서서
돌아올 수 없는 먼 길을 떠나버렸다.
자귀나무엔 어느 샌가 어린 홍학(紅鶴)들이
떼 지어 사뿐히 올라앉아 있었고
꽃나무 가지마다 슬픔이 만개(滿開)하여
시도 때도 없이
환영(幻影)이 보이고
환청(幻聽)이 들리고
내 몸은 만신창이가 되어
혼(魂)과 백(魄)이 흩어진 채 껍데기만 남아
불 꺼진 거리를
휘청거리며 돌아다니고 있었다.

* 최초의 한문소설인 김시습의 《금오신화》에 실려 있는 '이생이 담장 안을 엿보다'는 제목의 명혼(冥婚)소설.

겨울나무

겉보기엔 죽은 것 같아도
뿌리만 살아있다면
아직 그 나무는 희망이 있다.
길바닥에 나뒹굴며
무수한 잔뿌리를 드러낸 채
하루하루 말라가는
나에게도 아직 희망이 남아 있을까
보란 듯이 활짝 꽃피울 날이 오긴 오는 걸까
평생 겨울나무로 들판에
버려져있는 건 아닐까
밤새 맨몸을 에워오는 칼바람에 시달려
뒤척이고
뒤척이며
뒤척이다가
새벽녘 간신히 잠깐 눈을 붙인 겨울나무.

조슈아 트리

모하비 사막을 가로지르는
벤츄라 하이웨이
양 편에 늘어선 조슈아 트리 군락(群落)
물 한 모금 없어도
척박한 땅속에 뿌리를 길게 뻗고
안겨줄 사람도 없는데
두 팔을 벌린 채
약속의 땅을 찾는 몰몬교도들 같이
꽃 피울 날을 기다리는가.
쉽게 꽃 피우지 못하는
선인장을 보며
곁에 있어도
사막에 홀로 버려진 듯
메마른 누군가의 영혼이 떠올라
모래바람 맞으며 두 팔 들고 반성한다.

＊Joshua Tree : 여호수아 나무, 19세기 후반 모하비 사막을 횡단하던 일단의 몰몬교도들에 의해 지어졌다. 여호수아가 하늘을 향해 팔을 뻗었다는 성경이야기에서 유래함.

헌화가(獻花歌)_수로부인(水路夫人)에게

들판에 따로 떨어져 있는 두 나무
땅속의 뿌리는 이미
한 몸으로 얽혀 있네
등 뒤로 뻗은 하얀 손
아득한 벼랑에 핀 꽃이네
잡은 암소 고삐 놓고
심장 두근거리며 손을 뻗쳐 보아도
닿지 않네
닿을 수 없네
그 꽃, 눈물로 감춰둔 채
보이지 않는 뿌리로 누워
이미 한 몸인 들판 위 나무를 보네

지는 봄, 꽃잎

상한 가슴에 한아름 품었던 꽃다발
꽃잎 한 장 한 장 쥐어뜯으며
오래전에 달아난 여인을 생각한다.
손에 묻은 끈적끈적한 꽃물
손톱 속으로 배어든 검붉은 애액이
비접처럼 파고들어와 혈관을 타고
아린 가슴께를 툭 툭 건드린다.
주인 잃고 흐트러진 장미꽃다발에서
요실금 걸린 여자처럼
추억하기 힘든 향내만 찔끔찔끔 새어나오고
다 늦은 청춘,
어느 한때 봄날은 시들어가고

제3부

외롭게 날던 새여……

내 靑春의 황량한
들판 언저리를
돌아오지 않았다.

서시(序詩)

마음이 푸른 사내는
제 명에 못 죽는다더라

오래 살고 싶으면
시를 죽여야 한다는데
마음 푸른 사내는
그것도 못할 위인이다.

오래 산다는 일이 결코
미덕이 아니라면
차라리 일찍 죽어버려야지.

살고 죽음은
하늘의 뜻이어늘

마음 푸른 사내는
사는 게 그냥 즐겁다더라.

자화상

한밤중에 홀로 눈을 뜨는 일이란
여간 두렵고 떨리는 노릇이 아니다.

무섭고 긴 꿈속에서 풀려나
무심코 가위눌린 눈을 들어 보면
별도 없는 하늘에 가을달이 기울고
마당에 밤 고양이 울음소리.

아버지여,
내 인생을 경건되게 하소서.
기도하는 심정으로 십자가를 마주 본다.

과연 내 얼마만큼 진리와 함께
즐거워하고 기뻐할 수 있었는지
돌아보면
언제나 홀로 서 있는 밤일 뿐.

한밤중에 다시 눈을 감는 일이란
역시 괴로운 노릇이 아닐 수 없다.

탈출제

꽃이 피기도 전에 여름이 둥지를 치고
별은 뜨지도 않았는데 밤이 찾아든다.

드러남으로 새로워지려는
피곤한 생처럼
형체도 없이 스러진 나의 봄,

잡을 수 없는 것을 꿈꾸는
나는 한 마리 불나비였네.

파수꾼은 벌써 잠들고
촛불은 이미 다 타버린 뒤에
어디서 누군가 날 노려보고 있다.

둥, 둥, 둥 북소리.
차가운 눈초리.
주문에 걸린 듯, 혼수에 빠진 듯
헤어나오지 못하는 의식을 붙들고
달아나야만 한다.

두꺼운 외투를 걸치고 멀리
겨울 밖으로 달아나야만 한다.
거기엔 마루 끝에 앉아 햇볕을 쬐며
아직도 봄을 기다리는 또 다른 내가 있다.

둘이 서로 만나 악수를 하고 화해도 하며
이제는 날 수 조차 없는 몸을 불살라
그대의 뜨락에 한 줌
고운 흙으로 뿌려지고 싶다.

피난일기

영과 육의 피 튀기는 전쟁 중에 심한 부상을 입고 절룩거리며 남으로 남으로 내려오다 아름다운 항구 부산에서 피난살이를 시작했다. 한데 남포동 거리를 걸어도 자갈치 시장을 걸어도 전쟁의 흔적은 그 어디에도 보이지 않았다. 사람들은 전쟁 얘기 같은 건 한마디도 입에 올리지 않았다. 낡은 영도다리 뒤에 새로 세워진 부산대교를 바라보며 생각했다. 나는 어느 하늘 밑을 돌다 떨어진 운석일까. 갈매기가 자유를 그리며 날았다. 멀리 쓰시마섬까지 날았다. 나는 거의 매일 기타를 메고 다녔는데 거리를 걸을 때면 키가 자꾸만 줄어들어 어떨 땐 기타 혼자서 걷는 것처럼 보일 적이 많았다. 새벽마다 아픈 배를 움켜잡고 하늘 한 번 바다 한 번 쳐다보며 기도했다. 그러면 하나님은 바다에서도 하늘에서도 빛나셨다. 빛나는 하나님을 황홀히 바라보며 방뇨를 하고 자리에 돌아와 누웠다. 누워서 꿈을 꿨다. 서울이 수복되고

만국기가 하늘 가득했다. 서울행 막차를 놓치지 않으려고 식은땀을 흘리며 역으로 달려갔고 그때마다 기차는 떠나고 꿈이 깼다. 아침이 오기 전에 미리 실컷 울고 나서 잠이 들었고 행복했다.

새

마음이 훌쩍 떠나버린 후,
한 번 날아간 새는
다시 돌아오지 않았다.
내 청춘(靑春)의 황량한 들판 언저리를
외롭게 날던 새여……

마이 웨이_프랭크 시나트라 풍으로

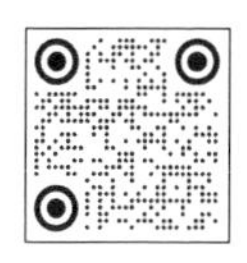

까닭 모를 그리움이 밀려와
미어지는 가슴속으로
헬 수 없는 별들이 떨어져 내리고
오늘은 누군가의 임종처럼 맞아드는 밤
낯선 신화 속의 길이 열려진다.

오래 전에 헤어진 여자에게 편지를 쓰고
울고 싶은 날도 많았지만
안으로만 흐르는 눈물은 강이 될 수도 없었다.

사람에겐 저마다의 길이 있다는데
아직 아무도 밟아보지 못한 나의 길
누가 대신 걸어가 줄 수도 없고
얼만큼 왔나 뒤돌아보면 자꾸만 제자리걸음.

꿈에 취해 사람에 젖어 돌아가는 길
경건한 노래 부르며 홀로 걷노라면
한줄기 숨은 빛 되어 한 무리 맑은 별 되어
내 앞길 비추는 이 있어 외롭지 않으니
내일은 그 누가 또 내 뒤를 따라올까.

환멸을 위하여

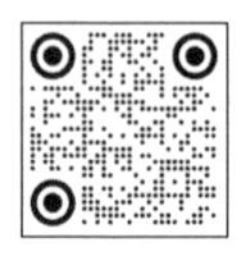

1

감춰두고 싶은 음악이었다.
세상을 향해 모든 빗장을 걸어잠그고
돌아와 누운 날 밤,
오랫동안 감춰두었던 음악을 끌어안고서
온 밤 내 울다 잠들었다.
풀먹은 도배지처럼 흐느적거리는
의식 속에서도
가슴 한 켠에는 늘 불이
깜박거리고 있었다.

2

인제에서 원통까지
원통에서 다시 인제까지
44번 국도를 따라 덜커덩 덜커덩거리며
내 청춘이 뿌리째 흔들린다.
오호, 송두리째 흔들린다.
고장난 창문이 자꾸 열리면서
칼바람이 목을 쓸고, 차창에
겨울그림자 같은 누군가의 실루엣
확실히 추위는 사람을 각성케하는데

사람은 과연 무엇을 깨달을 수 있는가.
나는 또 단지 무얼 바라
가슴 한 켠에 불을 켜고 살아왔는가.

3

다시
너에게 들려주고 싶은 음악이 있다.
지나간 시절의 오랜 환멸과 자조를 그치고
스스로 걸어 잠근 빗장을 풀어
가슴 속 불을 활활 지펴올려라.
존재의 밑바닥에서부터
끊임없이 차오르는 저 음악소리.
시대의 아픔을 넘어
절망의 끝에서 불꽃처럼 피어오르는
저 아름다운 환멸을 위하여……

가룟 유다

해변에서 한참 떨어진 모래밭에
반쯤 파묻혀 있는 구멍난 조가비.
젊은 날의 혁명처럼
이리 밀리고 저리 쏠리다가
한 번도 큰 파도를 타지 못한 채
큰 바다에 나가보지 못한 사람
아니 엄청난 파도를 만나
큰 바다로 나가지 못하고
오히려 해변 멀리 떠밀려 나간 사람
불쌍한 그 사람이 생각나
조가비를 주워 큰 바다를 향해
힘껏 던져주다.

월식(月蝕)

그녀는 한 송이 코스모스,
남몰래 우주와 소통한다.
달이 균형을 잃고 흔들릴 때
그녀의 몸도 하늘하늘 흔들리며
자궁이 열리고
몸길을 따라 은하수가 흐른다.
사내들아
그녀의 몸에 함부로 손대지 말지니
밀물과 썰물 사이에서 익사하고 말리라.
생의 비밀을 알아 버린
소행성에 사는 소녀여,
부끄러워 마라.
창백한 달이 그림자에 숨을 때면
우주 한복판에서
은밀히 펼쳐지는 생생한 버라이어티쇼!

성(性)

밤의 겉옷을 벗기고
잠의 속옷을 벗기고
꿈의 알몸 속으로 들어가다.

그 여름, 우면산

우면산 기슭에 새로 짓는 법당 안으로
금옷 입은 부처님이 들어가셨다.
나무 대신 콘크리트로 벽을 두른 절집은
아직 단청을 하지 않아
모양새가 갖춰지질 않았다.
그 여름, 우면산엔 우기(雨期)만 계속됐는데
비구름에 가려 속세와 경계가 희미해지던
어느 늦은 오후
공사가 더 이상 진척되지 않는 법당 안에서
남루를 걸친 부처님이 비닐우산을 들고
탁발하러 나오셨다.

요람 3

황혼의 아이들은 서투른 풍경화 같다.
노을을 그린답시고 코발트블루에
주황색을 잔뜩 칠한
어릴 적 내 스케치북 그림 같다.
아이들이나 나나 서로 가르칠 것도
배울 것도 없는 요즘
-인터넷이 선생이고, 상전이고, 신이지
아이들은 크레파스나 그림물감으로만 남고
우리들은 사이좋게 함께 늙어간다.
부쩍 키가 크고 조숙해진 아이들에게
느이들은 순진무구해야 한다고
떠들어봤자 헛일이다.
그래도…… 혹시나…… 하면서
겉표지가 너덜해진 스케치북을
뒤적거리다가
일찍이 아이는 어른의 아버지라고
노래했던 서양시인은
형편없는 거짓말쟁이라고
씁쓸한 결론을 내리는데, 그런데
그런데 느이 녀석들아,

다 그런 건 아니라고
스크럼이라도 짜고 몰려와
데모라도 하면 안 받아줄 것 같으냐,
이 웬수 같은 나의 사랑아.

비가(悲歌)

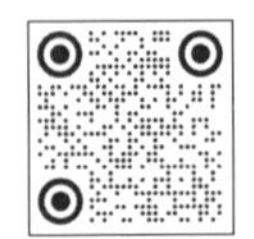

누군가 서둘러 돌아갈 채비를 차리고 있다.
창 밖으로 추적추적 진눈깨비 나리고
일체의 상념이 걷힌 아침 강(江)
한 마리 흑고니가 철교 위를 선회한다.
평생을 눈사람이 되고 싶었던 그대,
다 늦은 겨울녘에야 먼 길 떠나는가.
행여 오늘은 아름다운 날,
흰 국화로 뒤덮인 네 꽃차를 따르며
누런 삼베옷 걸쳐 입고
온갖 슬픔의 제스처를 다 써보아도
씻겨지지 않는다.
파놓은 흙더미 사이로 횟가루만
삐죽 드러나 보일 뿐.
하여 언 땅을 곡괭이질하는 늙은 인부여.
차가운 상석(床石)처럼 굳어 버린
기억들과 함께
곡소리도 그치고
우리들 잔혹한 슬픔도 그치고
묻어야 한다. 이제 그만
더 이상 파헤쳐서는 안 된다.

아침미사에 울리는 진혼곡처럼
눈꽃송이 날리는 들판에서……

가을 입문(入門)

연병장을 가로질러
병영 깊숙이 파고드는
취침나팔소리처럼
욕망이 끝나는 곳엔
질긴 허무가 오는 법
슬픔이 오는 길목을
지켜 서서
초병(哨兵)은
저 가을 푸른 방카 속으로 들어가고 싶다.

불혹(不惑)

사춘기가 지나고
군대를 다녀와도
결혼을 하고 아이를 낳아도
선생이 되어 학생들을 가르쳐도
철이 들지 않는다.

도대체 언제 철 들 거냐고
아내에게 혼나는 아들 곁에서
맥없이 책만 건성 펼쳐든다.
곁눈질로 슬쩍 쳐다보다 마주친 아들의 눈
애써 웃음 지어 보이지만
아직도 미련과 애착과 갈증이 남은 나이.

사시사철 어김없이
산천초목은 제각기 철드는데
공자님, 제발 가르쳐주세요.
언제쯤 철이 드는지.
철이 들면 정말 죽게 되나요.

사랑연습_에디트 피아프에게

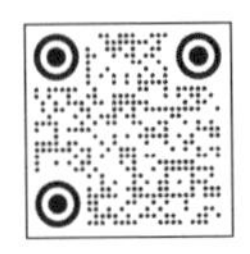

첫눈 오는 거리를 발자국도 없이 걷는 그대,
그림자로 따라붙는 고독 뒤로 하고
어딜 그리 바삐 가시나.

대낮에 길 잃은 사람들 서로 부딪치고
눈사람만 길을 막고 섰는데
무슨 욕망이 우리를 살게 하는 것일까.

때론 부질없는 사랑노래에 취해
휘청거리는 우리들 젖은 가슴 속에
번뜩이는, 보이지 않는, 사랑의,
힘 같은 것이.

그러나 그대 뜨거운 아랫도리에서
눈사람이 잠들고 나서야
그대 진실로 사랑을 배우리니

아아, 이야기하지 말라.
사랑하지 않고서는 한시도
사랑하지 않고서는.

제주폭포(濟州瀑布)

세상은 언제나 풍전등화인데
미천한 것들끼리
요리조리 숨어 다니다가
한 시절 잘 만나서
한꺼번에 폭발하는구나.
천지연에서, 정방에서
또 천제연에서
나는 쬐그만 시냇물들이
막다른 골목에 다다라
무서운 힘을 발휘하는 것을
눈으로 가슴으로 똑똑히 보았다.
밟히고만 살아온
힘없는 이 나라 백성들 같이.

해금강(海金剛) 소묘(素描)_송하(頌霞)를 위하여

성년의 바다를 해파리처럼
떠다니던 우리들
소금기에 절은 영혼이
철 지난 해금강 모래밭에 밀려왔어.
책갈피마냥 차곡차곡 쌓여져
그 높이를 알 수 없는 대바위 꼭대기
벼랑에 걸터앉아 우리들은
세상이 창조되고 나서 최초의 사람,
아니 세상이 끝나고 난 뒤
최후의 남은 사람이
아니었나 생각했어.
바로 그때 오랜 시간을
하나하나의 음계로 태어나
제각기 부서지고 또 재생되어
모였다가 흩어지며 끊임없이
꿈틀거리던 바다 한가운데서부터
뜻밖에
참으로 오랜만에 통쾌한
음악을 들었어.
하늘과 바다가 완벽하게 한 몸이 되고
아, 우리에게 사랑이 다 뭐야

그대 속살은 미끄러워 발을
자꾸만 헛디디고
그 깊이를 알 수 없는 대바위
바닷속으로
우리들은 황홀하게
수장(水葬)되어갔어.
그리하여 우리가 다시
성년이 된 바다 한가운데로
해파리처럼
떠나게 된다 할지라도
세상 그 무엇이 우리를
갈라놓게 하겠어?
우린 이미 뼛속까지 후련해졌는걸.

병산서원(屛山書院)에서

만대루(晩對樓)에서 바라보는
풍광이란 것이
참 그럴듯하다는 말밖에
흡사 이승에서 하직인사하고
마지막으로 한 번 돌아보는
그것도 미련을 버리지 못하고
자꾸만 돌아보게 하는
저 7폭 병풍으로 둘러싼 산이며
굽이 흐르는 낙동강
백사장 위 한가로이 노니는 물새들이며
한결같이 눈길을 뗄 수 없는
지상의 마지막 벗들
최후의 술잔을 비우고
그만 자리를 털고 일어나
늦게나마 속내를 드러내 보일 일이다.

봄의 제전

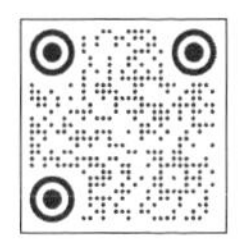

나른한 봄날 오후
야트막한 앞산 숲속에서
한 무리의 아이들이
개구리처럼 팔딱팔딱 뛰어 내려오더니
일제히 엉덩이를 까 내리고
냅다 오줌을 갈겨댄다.
순간, 산천초목들이
거수경례하고
사열을 마친 아이들이 풀피리를 불며
닐니리 닐니리 흩어진다.

분재를 들이며

우연인지 운명인지
지난 가을 내 품에 들어와
아파트 베란다에서 겨울을 난
분재 소품 십여 점

봄이 오자
물관을 따라
생채기를 내어
연한 살점을 드러내며
죽은 듯 잠들어있던 고목이
기지개를 켠다.

저 멀리 한강물이 먼 길을 돌아들어
연둣빛 물이 오르고
난지천 냇물이 밀어 올려 잎을 틔우더니
아파트12층을 수직으로 올라와
마침내 샘물이 꽃잎을 열어젖힌다.

철사로 감긴 줄기가 안쓰러웠는데
용케도 그 사이로 싹을 틔우고

더 이상 오를 곳이 없는 강물들이
안으로 흘러들어 튼실해진 뿌리며
생각지도 못한 꽃을 그득 안겨주니
숲 대신 분재를 집안에 들이며
나는 횡재(橫財)했다.

열정이 사라진 자리에
체념이 주인노릇하고 있다.
모래시계에서 모래가 빠져나가듯
나에게 주어진 시간은 거의 다 써버리고
곧 초읽기에 들어갔다.

나는 시간을 물 쓰듯한 죄와

미필적 고의에 의한

살인혐의로 나를 기소했다. 천국과 지옥의 중간쯤에서

제4부

나는 가까스로 선고유예 처분을 받아

이 땅에 되돌려졌다.

시간의 블랙홀 속으로

온몸을 밀어 던져 보았다.
이천 년 전부터 시작된 말세는
아직도 진행 중이라
죽음이 천지를 에워싸고
그 최후의 풍경을
떨림 없이 선명한 정지화상으로
미리 보고 있는 것이다.

섬

섬에 다녀왔다.
잠에서 깨어나 주머니를 털자
오래 전에 가슴에 꽂았던 장미 부스러기와
벌써 모래가 되어 버린 별 조각들이
쏟아져 나왔다.

한강추신(漢江秋信)

추색(秋色)이 완연한 외딴 강기슭을
병색(病色)도 없이 건강한 사내가
터벅터벅 걸어 들어갑니다.

강 우에 길게 누운 별자리를 건지려는지
사내는 점점 깊은 곳으로 발을 옮기고
나는 숨을 죽인 채 지켜봅니다.

별들이 바닥에 가라앉을 때까지 또는
그의 모습이 물에 잠겨 보이지 않을 때까지
서글픈 가을, 한강, 우리들 사랑입니다.

탁발의 시(詩)_속리산에서

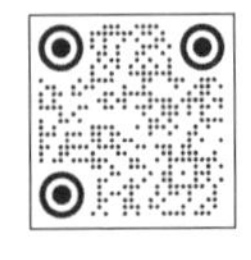

안개와 구름을 좇아
속세를 떠난 산
터너의 풍경화처럼
수묵화(水墨畫)처럼
윤곽만 남은 산등성이 너머
무채색으로 남고
막차를 탄 채
홀로 떠나는 그대 등 뒤
계면조(界面調)로 낮게 깔리고
풍경이 지워지면서
젊은 날
서글픈 욕망의 그림자로 남은 산

무량사(無量寺)

헤아릴 수 없는
욕망의 축(軸)을 돌아
단청이 지워진
극락전 앞뜰에 섰다.

파스텔풍(風)으로 번져가는
신록을 바라보며
5층석탑을 몇 바퀴 돌다
석등 철책에 기대앉아 깜박 존다.

명부전(冥府殿)에서 튀어나온
금강역사(金剛力士)들과 시비 끝에
주먹에 맞아
혼절하는 꿈을 꾼다.

빗방울 잠시 듣는 듯하더니
당당하게
사물들이 말을 걸어오고
떠난 자들의 음성이 들리면서
오래 전에 시든 꽃에서 향내가 난다.

간밤에 능산리 고분군에서 도굴해온
낡은 기호와 상징들
언어의 무덤 속에
옹관묘(甕棺墓) 하나 마련해 두고
그 안에 들어가 편히 쉰들
헛된 욕망을 재울 수 있을까

한나절 봄꿈에 문득 길을 잃고
우러러
헤아릴 길 없는 무량대전이여.

한강(漢江) 랩소디

우리 모두 형체도 없이 아름다운
슬픔을 좇아 가을 강(江)으로 가자.

막연한 그리움일랑 모른 척하고
어쩌면 저기 저 슬픔 너머엔
기쁨 대신 또 다른 슬픔이 살고 있다고,

퇴화(退化) 직전의 날개를 퍼득이며
우리들 슬픔의 삼각지대쯤인가를
저공비행하는 저 목이 긴 흰 새를 보아라.

음역이 좁은 그대 가슴을 꿰뚫어 보는
서럽던 우리들 옛사랑을 기억하며
가끔은 들꽃에게 시선을 주고

우리 모두 실체도 없이 아름다운
슬픔을 좇아 가을 강(江)으로 가자.

도플갱어

밤괭이들 같이 으슥한 뒷골목을
배회하며 욕망의 빈 껍질을 좇아
헤매는 검은 눈동자들
공포영화에서처럼
불쑥 나타났다가 이내 사라지고
다시 이중 삼중 사중으로 분열하는
저 욕망의 짐승들이
지들끼리 어울려
술 마시고 노래도 하고 싸우기도 한다.
내 안에서 주인인 나를 조종하고 조롱하고
끊임없이 신출귀몰하는 도플갱어들이여.
이제 그만 나를 놓아다오.
세월가도 사그라질 줄 모르는
욕망의 무한 자기복제
막다른 골목에서 부딪치는 낯선 얼굴들
힐끗 쳐다보더니 뜻 모를 웃음 지으며
어둠 속으로 숨는다.

---

* Doppelgänger : 독일어로, '이중으로 돌아다니는 사람'이라는 뜻이다. 우리말로는 '분신·생령·분신복제' 등 여러 용어로 쓰이지만, 자신과 똑같은 환영을 본다는 뜻에서는 차이가 없다.

어두운 날의 세레나데

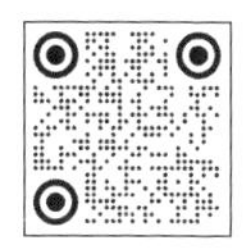

1

9월이 가면서 서편 하늘로부터 가을이 붉게 타는 냄새가 온몸 구석구석 배어나기 시작합니다. 어두워 가는 거리를 홀로 걸으며 왠지 모르게 빨라지는 걸음을 잠시 멈추자, 문득 시간의 꼬리를 숨가쁘게 뒤쫓다 겉늙어 버린 내 청춘이 슬픈 눈을 하고 나를 바라봅니다. 쉽게 꿈꾸며 물 흐르듯이 살아온 지나간 날들이 땅거미처럼 밀려오고 나는 다시 찬바람 속으로 황망히 걸음을 재촉합니다. 초췌한 그의 시선을 등진 채.

2

밤마다
우리를 무섭게 만드는 것은 적이 아니다.
다다를 수 없음에 대한 두려움도 아니다.
얼굴,
눈을 감으면 뚜렷이 드러나는,
야누스의, 검은.
그리하여 바람 한 점 없는

적도 무풍지대에 불시착한 채
우울한 비상을 꿈꾸는
우리들의 고장난 기체들, 혹은 권태.

3

그러니 그대 아득한 기억 속에
포성이 멎고
태풍이 상륙하는 날 저녁엔
나의 모든 부끄러움과 비굴함과
무력함을 씻어주는
청결한 음악을 들어야 한다.
따스한 불빛이 스민 그대 창 아래 서서
마음으로 지은 온갖 죄를 고백해야 한다.
잔뜩 웅크린 날개를 펴고
독수리처럼
사랑과 자유, 용서와 평등의 나라로의
새로운 비행을 시작해야 한다. 우리들
말할 수 없는 눈물겨움을 다 해.

민락동(民樂洞) 일기_홍덕 형(兄)에게

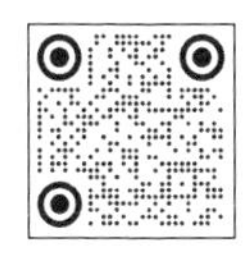

그 장마전선은 정말 대단한 것이었네.
온종일 내 귀는 휑하니 뚫려서
한 쪽 귀로 파도가 쓸려 들어가면
다른 쪽 귀로는 기막힌
해조음(海潮音)이 되어 흘러나온다네.
게다가 내 잠 속엔 장대 같은
소낙비가 섞여들어
한밤중인지 대낮인지 도무지 분간할
수가 없었다네.
광안리 흰 파도가 안방에서 건넌방으로
건넌방에서 사랑방으로 넘실거리고 우리들은
적당히 뒤섞여서 잘 씻겨진 자갈들처럼
반들반들거리며 이 방 저 방 떠다녔네.
파도와 모래가 만나는 마루바닥쯤에서
꿈결같이
형님 내외분이 앉아 무슨
밀담(密談)같은 걸 나누다간
꾸벅꾸벅 졸고 계시고
우리 불가사리와 대합조개들은 책상 서랍 속에
꼭꼭 숨어서 바둑을 두었다네.

비가 새는 천장 쪽에서 쉴 새 없이
거문고 소리 들리고
아아, 거문고 소리 지금도 들려오는
그 여름 장마전선은 정말 대단한 것이었네.

우담바라

초여름 길목
어스름 가로등 밑에
앞다퉈 자리 잡은 꽃들
그 중 외진 그늘 아래
황금빛 야생화 한 송이
탁발 나온 사내와 눈이 맞자
꽃물 철철 흘리며 이를 앙당 물고
열락(悅樂)에 빠져들어
부끄럼도 잊은 채
꽃잎을 활짝 열어젖힌다
관세음보살 독경(讀經)하며
민망해 고개를 돌려보지만
대음순 소음순 사이로
울컥울컥 샘솟는 음악
관음(觀音), 혹은 관음(觀淫)의 경지
더 이상 이승의 꽃이 아닌
열반(涅槃)의 꽃

모딜리아니의 여자

아침안개 자욱한 강변을 따라
모딜리아니와 산책하는데
그림에 나오는 여자가 시장을 다녀온다.
장바구니를 슬쩍 보며
그래, 뭘 사셨수
콩나물 한 봉다리의 고독이죠.
언제나 무표정이던 그 여자가
신기하게 웃는다.
나는 그 여자에게 은근히
욕정(欲情)을 느낀다.

모딜리아니와 나는 오래 전부터
공을 차며 놀았는데
단지 그는 해를 바라보며 공을 차고
-그의 눈은 눈부시다
나는 달을 쳐다보며 공을 찼기 때문에
우린 한 번도 만난 적이 없다.
이태리산 시가를 나눠 물고
잠자코 걷는다.
저 여자 맘에 들우?
저 여자 보니 당신 그림 형편없더군.

하, 그래요. 역시 안목이 높으십니다.
그는 걸음을 조금 빨리 하며 애써
태연한 척한다.
그날 밤 나는 그 여자와 잠자리를 하는
공상에 잠겨
몽정(夢精)을 했고, 안개가 말끔히 걷히자
그림 속의 나부(裸婦)가 예의 그
무표정한 얼굴로
내려다보고 있는 것이다.

한강일기 초(漢江日記 抄)

1. 번개 치던 날 밤의 기억

한 잔의 다향(茶香)이 아쉬운 시각,
철교 저 켠에서
횃불을 치켜든 사내가 불을
뚝뚝 흘리며
내 잠 속으로 걸어 들어온다.
진종일 하늘은 때아닌 병을 얻어
앓아눕더니만
뒤곁에 산발한 여인의 모습으로
수양버들이 떨고
강(江)이 살아서 꿈틀거리기 시작한다.
새로 두 시에서 세 시 사이, 사면에
축복처럼 내리는 비, 아아, 빗줄기.

2. 사모곡(思母曲)

밤마다 어머니는 강(江)을 건너 오셨다.
꿈속에서인 듯 머리맡에 어머니는 앉아
병약한 아들의 잠을 지켜보시고
사, 랑, 합, 니, 다, 어, 머, 니.
열리지 않는 입을 가까스로 움직여
기도하시는 어머니 몰래

서투른 고백을 하고서
부끄러워 눈을 감았다.
잠이 깨기 전에 어머니는 강(江)을 건너가셨고
하루도 빠짐없이 강(江)을 오르내리시는
어머니
흰 치맛자락에 묻은 내 눈물자국만큼이나
나의 잠은 빠른 걸음으로 얼룩져 갔다.

3. 입동전야(立冬前夜)

한밤중, 먼 남도에서부터 외롭게 외롭게
우리 시대 아픈 상흔을 따라 올라온 화물열차.
사람이 그리웠던 고독한 기관사와
무언의 악수를 나누고서 우리는 금세 친해졌다.
나는 야근하는 과부들과 홀아비들을
초대해 놓고
서글픈 잔치를 벌였다.
횃불이 꺼지려 하자 나는
정신 나간 상주(喪主)처럼
마구 소리쳤다. 노동자들이여, 만세!
우리들은 어깨동무를 하고 강(江)을 맴돌며
서러운 춤을 추고 쉰 목소리로 만세를 불렀다.

동틀 녘, 다시 남방한계선을 향해 떠나는
화물열차의 외마디 기적소리에 놀라
눈을 뜨자 눈물에 범벅이 된 채 나는 또
혼자가 되어 있었다.

4. 유년제(幼年祭)

소년들이 강(江)으로 모인다.
더러는 낚싯줄을 드리우고 또는
투망질을 하며
욕심만큼의 꿈을 낚아 올린다.
어릴 적 내가 기르던 강아지,
강변을 휘젓고 다니던 어린 친구들,
다 어디로 간 것일까, 어디로 갔을까.
지난 겨울에 버려진 아기들 아직도 울고
슬픈 엄마들 여전히 슬프고
달 밝은 밤이면 소년들이 강(江)으로 사
라진다.

5. 차라투스트라는 이렇게 말했다

추운 새벽마다 욕정처럼

불끈 솟아오르는
그리움에 밀려 강(江)가로 달려나간다.
청소부들이 모닥불을 피워 놓고
빙 둘러 서 있다.
그 중 한 사내가 내게 손짓을 한다.
나는 반가움에 그의 손을 덥석 잡았는데
그는 내 멱살을 잡고 사납게 달려든다.
날이 밝을 때까지 우리는 씨름을
계속했고
결국 환도뼈를 다친 그가 항복하고 말았다.
모닥불은 꺼지고 청소부들은 흩어지고
그는 씁쓸히 웃으며 강(江)을 건넜다.
아침햇살에 금빛 비늘로 부서지는
江을 바라보며
비로소 나는 건강한 잠 속으로 걸어
들어갈 수 있었다.

길 위에서

마음의 지도를 따라 떠돌다
전생의 고향인 듯 머문
병산서원 만대루 아래
주옥같은 스승의 가르침을 경청하는
참한 유생(儒生)들처럼
군락으로 피어 있는
배롱나무 꽃들.
화무십일홍이 무색하도록
백 일 동안 만개한
목백일홍 붉은 꽃잎들이
열정과 욕망을
사랑과 집착을 구별 못하던
내 젊은 시절을 자꾸만 돌아보게 한다.
미련을 버리면
또 다른 풍경이 펼쳐지는 것을
이 짧은 여정(旅程)이 보여주지 않던가.
어디로 갈 것인가는 아직 미정이지만
가슴 속에 명화(名畵)처럼 각인된 풍
광들을 간직한 채
아직 가야 할 길이 있어 행복하다.

행복의 무게

낡은 리어카에 폐지를 산더미처럼 쌓고
힘들게 끌고 가는 저 노파
짓눌린 무게에 바람 빠진 바퀴지만
저녁반찬거리며 손주 공책 사줄 생각으로
움켜진 손마디에 더 힘이 들어간다.
교통신호도 무시하고
질주하는 자동차도 겁 안내고
표정도 없이
왕복 8차선 도로를 무단횡단하는
저 행복의 무게

캘리포니아 드리밍

태평양을 건너와도
선인장 가시처럼
가슴에 박힌 붉은 꽃잎은
잊을만하면 봉긋 솟아나와
낮달 같이 창백한 얼굴로
물끄러미 올려다보네요.

혼백(魂魄)조차 쓸쓸한 캘리포니아
외딴 밤, 아린 꿈속에서
그새 날 잊었느냐고
들릴 듯 말 듯 젖은 목소리로
내 슬픈 성감대를
아스라이 흔들어 놓네요.

7월의 서(序)

사는 게 시들해진
별똥별 하나
무주구천동 골짝에서
생을 마감할 곳을 찾고 있다.

운석(隕石) 위에 아로새겨진
선명한 붉은 꽃잎
상한 가슴 한 귀퉁이에서
추억처럼 부르르 떨고 있다.

꽃잎을 따며

꽃이 한창일 때
꽃잎을 따 주는 것은
나무를 위한 일이다.
더 아름답게 꽃 필 내년 봄을 기약하며
양분을 비축하고
남은 계절을 나기 위해
미련을 버리는 일이다.

꽃이 제 무게를 견디는 것은
꽃대의 힘만이 아니다.
한여름 땡볕과 가을 무서리
겨울 한파를 이겨낸 숭고한 기다림
그리고 당신을 향한 그리움이다.

그리하여 봄철 한 때
혼신의 힘을 다 해 꽃을 피우고
장엄하게 하안거(夏安居)에
들어가는 것이다.
해마다 거듭되는
꽃나무들의 끝없는 용맹정진에
꽃을 따는 손길이 숙연해진다.

유품(流品), 혹은 유품(遺品)

가야 할 때가 다 되니
물건들이 먼저 알아본다.
곁에 두고 익숙했던 것들이 하나둘 떠난다.
저녁 뉴스 특보 때
급류에 실종된 남편의 벗겨진 장화 한 짝
부둥켜안고 울부짖던
강원도 젊은 아낙의 모습이
남의 일 같지 않고 뇌리에 생생하다.
주인을 잃고 어딘가를 떠도는 물건들
내가 잃은 것이 아니라
나를 먼저 떠나보내는 손때 묻은 물건들
벗겨진 검은 장화 한 짝 같은……

내가 떠나는 날

암스텔담에서 온 춤추는 도자기 인형
태엽이 다 풀리자 돌기를 멈춘다.
북치는 토끼인형
건전지가 다 되자
한 소절을 남기고 그대로 동작 그만.
뚜벅뚜벅 전진하던 로봇태권브이
약 떨어지니 역시 맥없이 쓰러진다.
건드려 봐도 소용없다.
내가 떠나는 날,
아직 할 일도 많고
매듭짓지 못한 일
다 부르지 못한 노래
미처 피우지 못한 꽃 한 송이
미련 없이 남기고 간다.

누군가 필요하다

누군가 필요하다. 천상(天上)이 아닌 현실 속에서 백마를 타고 노는 어린아이를 위해 누군가 필요하다. 으스스 추운 날, 젖은 옷가지들을 말리기 위해 나는 무엇을 해야 하나. 성냥불 하나 켜 들고 바람을 향해 몸을 돌리는 순간, 아아 들려온다. 저 허무의 끝에서 파도처럼 달려오는 음악 소리. 세상과 나의 영원한 불협화음. 참으로 세상에 변치 않는 게 드물지만 오호라, 우리들 정신의 한결같음이여, 우리를 우리이게 하는, 진리를 진리로 존재케 하는 신선한 힘이여.

날이 어두운데 돌아갈 곳이 마땅치 않은 사람을 위해, 세상에 진정 따뜻한 인간 하나 만나기 위해 누군가 필요하다. 죄 없는 아이들에게 사람 사랑하는 일을 가르치려면 나는 얼마나 자주 몸을 씻어야 하는가. 밤낮으로 씻고 또 씻어도 지지 않는 때를 닦으며 살갗 위에 돋아나는 피와 붉게 채색된 한(恨)의 흔적을 보고 나는 실없이 웃음만 나온다. 쉽게 삼키기 어려운 웃음이, 자주 웃어서도 곤란한 그런 웃음이 병신같이 배시시 새어 나온다. 견딜 수 없는 것조차 견디고 사랑할 수 없는 것마저 사랑하기 위해 아아, 내일은 누군가 필요하다.

백야(白夜)

황혼의 바다는 아름답지 않았네.
포구를 떠난 중고 어선들은
집어등(集魚燈)을 훤히 밝히고 있지만
만선의 꿈은 텅 빈 어창과 함께
이미 사라졌네.
저 멀리 가물거리는 어화(漁火)를 바라보며
뭍에서 너무 멀리 떠나온 느낌이 들 즈음
언제쯤 돌아갈 수 있을까
기약 없는 희망만 안고
폐선마다 수액(樹液)을 꽂은
어부들이 유령처럼 어슬렁
다리를 끌며 선창(船艙)을 거닐고 있네.

수년 전 독일 키일에서
덴마크 코펜하겐으로 가는 카페리
발트해의 밤바다에서 처음 백야를 맞았네.
한밤중에 떠 있는 희뿌연 해를 바라보며
시원한 맥주를 들이켰었지.
좀처럼 식지 않는 태양은
앞날에 대한 뜨거운 예감을 갖게 했네.
북국(北國)의 오로라를 찾아 떠나는

모험가가 된 듯
흥분과 신비로 가득한 밤이었네.

규칙적으로 떨어지는 수액에 반해
불안정하게 뛰는
심장의 고동소리를 듣고 있네.
뭍에서의 일은 한낱
신기루에 지나지 않았나
젊은 날 꿈꾸던 백야,
욕망으로 들끓던 바다
잦은 파도에 출렁이며
링거줄에 매달려 생을
지탱하고 있는 난파선
백열등이 훤히 켜 있는
선창바닥에 누워
발트해 바다에 불던
밤바람을 그리워하네.

죽음과 소녀(少女)_송하(頌霞)에게

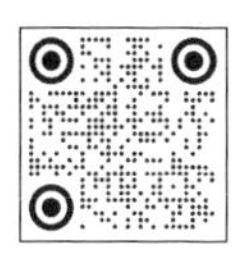

당신들 사랑과 미움이 삭아 없어지고
그대 마지막 남은 한 점 욕망마저 풀어져
훨훨 날아가 버리는 완벽한 진공의 날에
나는 커다란 자석에 빨려 들어가는
쇠붙이와 같이 힘없는 음악이었다.
당신들 산다는 일은 결국
얽히고설킨 실타래를
한 올 한 올 풀어 가는
고단한 작업일진대,
슬픈 일도 더러 있었지만
적잖이 행복한 때가 많았던
아름다운 노동이었다.
슬픔도 오래가면 녹이 슬어
당신들 가슴을 짓누르는
무거운 음악이 되는 법(法)이니
그대 병상(病床)을 지켜온
소중한 활을 꺼내
나의 무딘 정신(精神)을 긁어다오.
나의 여린 혼백(魂魄)을 일으켜다오.
서늘한 죽음 같은 행복한 소녀여.

* 죽음과 소녀(Der Tod und das Mädchen) : 프란츠 슈베르트(Franz Schubert)의 현악4중주 제14번 D단조.

시간의 종말을 위한 사중주

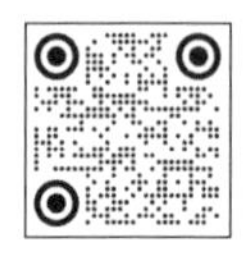

1. 최후의 풍경

열정(熱情)이 사라진 자리에
체념(諦念)이 주인노릇하고 있다.
모래시계에서 모래가 빠져나가듯
나에게 주어진 시간은 거의 다 써버리고
곧 초읽기에 들어갔다.
나는 시간을 물 쓰듯한 죄와
미필적 고의에 의한
살인혐의로 나를 기소했다.
천국과 지옥의 중간쯤에서
나는 가까스로 선고유예 처분을 받아
이 땅에 되돌려졌다.
시간의 블랙홀 속으로
온몸을 밀어 던져 보았다.
이천 년 전부터 시작된 말세는
아직도 진행 중이라
죽음이 천지를 에워싸고
그 최후의 풍경을
떨림 없이 선명한 정지화상으로
미리 보고 있는 것이다.

2. 지귀(志鬼)를 위하여

여기 한 사내
평생을 낭인(浪人)으로 떠돌다
어느 해 늦가을, 때아닌 꽃내에 취해
길바닥에 누워 버렸네.
여왕을 사모한 것도 아닌데
누가 내 심장에 금팔찌를 올려놓았는가.
불타 버린 지귀(志鬼)는 웃고 있는데
스탠트를 두 개나 박은 나는 울고 있다.
싸늘히 식은 심장을 달고
이대로 죽은 듯 살 것인가
불귀신이 되어
서녘하늘 시뻘겋게 물들이며
저녁놀로 남을 것인가

3. 피고 지는 꽃들

그 환한 꽃을 꺾는 순간부터
늘 듣던 감미로운 음악이
비수(匕首)와 가시로 돌변해
마구 찔러대는 서슬에
한 사람의 우주가 저물어간다.

민달팽이 다시 길을 떠나고
철 지난 꽃들이 하염없이 피고 지는데
내 앞에 우두커니 서서
고단한 운명의 시계바늘을 돌리는 자
저 잎 진 나무 줄기 위에
시간의 무늬를 아로새기는 자
보라, 누가 종말을 외치는가

4. 적멸(寂滅)의 길

비 오는 건봉사 적멸보궁에 드니
부처님은 오래전부터 출타 중이시고
진신사리(眞身舍利) 대신
신비한 옥빛 꽃망울 달린
배롱나무 한 그루가
허깨비 중생 하나 맞아 준다.
내 일찍이 허망을 알아
이승을 잠시 떠돌다
돌아갈 날만 헤아리고
필시 절집 앞 배롱나무나 자귀나무로
환생할 터이다.
그러니 가볍게 가볍게 내려놓고

손꼽아 살아있는 날들
밑도 끝도 없는 시간의
불멸과 종말을 연주하며
끝없이 적멸하라 적멸하라

* 올리비에 메시앙(Olivier Messiaen 1908~1992)의 "시간의 종말을 위한 사중주'Quatuor pour ls fin du Temps'".
* 지귀(志鬼) : 신라 선덕여왕 때 사람으로 여왕을 사모하다 불귀신이 됨. 《삼국유사》에 전함.

음악과 자아 정체성의 성찰과 탐구!

홍신선(시인)

왜 일상인가. 탈이념 담론이 횡행한 지도 벌써 한 세대쯤 지났다. 공허한 논리들을 사슬처럼 꿴 이념이란 것이 사라진 자리는, 당연한 귀결이지만, 일상성 담론이 꿰찼다. 추상 아닌 구체성이, 논리 아닌 나날의 번쇄함이 그 자리에 등장한 것이다. 흔한 말로 거대담론 아닌 미시담론이 주류가 된 것이다. 그 탓일 게다. 시 또한 그 중심에 일상성 담론이 자리를 지켜온 지 오래다.

꽤나 오랜만에 접한 김린주의 시를 통독하며 나는 문득 이런 트렌드를 떠올렸다. 그의 시 역시 일상성에 무젖어 있다. 선불교는 '도(道)란, 초월적인 시공에 존재하는 게 아닌 일상 가운데 있다'고 말한다. 이 경우 일상이란 누추하고 쇄말한 것. 김린주는 일상성에 무젖어 있으면서 두 축를 중심으로 그것을 성찰한다. 그 두 축은 바로 음악과 자아 정체성이다. 먼저 음악은 "은밀한 신이 내재"하는 경외의 대상이자 "사랑과 자유로의 여행길에서 듣는 청결함"의 기호란다. 예부터 음악은 어울림과 해조(諧調)의 표상인 것. 그런데 이 같은 음악 옆에 그림이 또한 놓인다. 이는 누추하고 쇄말한 일상을 벗어나고자 하는 시인의 심미적 노력의 일환이 아닐까. 역설적이게도 이런 노력은 그 일상에 대한 성찰과 탐구의 다른 반증이기도 하다.

나이가 들면 인간은 지난날을 뒤돌아본다. 그러면서 여러 기억들을 소환하기 마련인데 이는 기억을 통해 '나란', '내 삶은 무엇이었는가'를 살피고 묻는 행위이다. 범박하게 말해 자기 정체성을 찾고 거듭 확인하는 것. 이번 시집의 3, 4부 시편들이 그렇게 읽히고 있다. 이는 앞서 말한 두 번째 축일 터이다. 또한 이 축의 확대된 자리엔 2부의 시편이 놓여 있다.

아마도 김린주 시의 이 같은 두 축은 독자들에게 뜻깊게 읽히리라.

다시 한번 뒤늦게 선 보이는 이번 시집의 상자(上梓)를 축하한다.

* 나의 시론(詩論) *

교양체험의 재구성과 예술시의 가능성

1. 들어가는 글

시를 쓰는 궁극적인 목적은 무엇인가?

그것은 자신의 내부에서 들끓는 표현에 대한 욕망이 아닐까!

나의 시적 주제는 음악이다. 새삼스러운 말이긴 하지만 흔히 말하는 시의 세 요소 가운데 운율, 즉 음악성이 심상-회화성과 함께 중요한 본질적 요소가 아니던가. 다시 말해서 시는 언어로 된 음악이라 할 수 있다. 마찬가지 논리로 시는 언어로 표현된 그림이나 조각일 수 있다. 거꾸로 보면 음악은 언어 대신 음표로 표현한 한 편의 시·수필·소설일 수 있으며, 미술은 언어 대신 색채·선·돌·쇠로 표현한 한 편의 시나 드라마일 수 있다. 한 편의 그림이 얼마나 많은 이야기를 담고 있는가는 굳이 설명하지 않아도 미루어 짐작할 수 있으리라[1]. 따라서 우리가 인접 예술을 굳이 구분 지어 나누는 것 자체가 무의미할지도 모른다. 궁극적으로 보면 모든 예술은 서로 소통하게 마련인 것이다.

1) 구스타프 클림트, 에곤 실레 등 아르누보파의 그림이나, 고흐, 마네, 세잔, 모딜리아니의 환상적인 그림들을 떠올려 보라!

필자가 음악이나 음악가에 관한 시를 쓰는 행위는 음악을 듣고 나서 그것을 산문 대신 운문의 형식을 빌려 표현한다는 것이 옳을 듯 싶다. 음악을 듣다 보면 쓰고 싶은 욕구가 생기는 음악이 있고 그렇지 않은 음악이 있게 마련이다. 어떤 음악은 선택의 문제가 아니라 거의 자동적으로-운명적으로 시적 영감이 떠오르는 것이다.-마치 '시가 내게로 왔다'[2]는 네루다의 말처럼!

음악을 주된 밑거름으로 하고 그때그때의 정신적, 감정적 상태와 사회적 이슈가 적절한 결합을 하게 된다. 따라서 바탕이 되는 소재는 음악의 종류와 수만큼이나 다양하고 풍부한 편이다.

시대와 이념이 바뀌어도 변하지 않는 시 정신이야말로 진정 가치 있고 빛나는 것이 아닐까. 머리로 이해하는 역사는 가슴으로 느끼는 그것을 뛰어넘지 못한다. 우리가 고전으로 칭송하고 애송하는 문학 작품들이 그것을 증명해준다.

2)파블로 네루다, <시> 중에서,《스무 편의 사랑의 시와 한 편의 절망의 노래》, 정현종譯, 민음사, 2004.

2. 본론

(1) 음악, 원체험, 교차편집

음악이나 미술, 무용 같은 예술 분야는 우리의 정신세계를 고양시키는 훌륭한 밑거름이다.

고대 그리스 신화에 나오는 오르페우스의 다음과 같은 이야기는 필자의 시를 이해하는 하나의 열쇠가 될 것이다.

"아폴로는 헤르메스에게서 얻은 리라(Lyra), 즉 거문고(혹은 수금 (竪琴))를 음악의 천재인 아들 오르페우스에게 주었는데, 오르페우스가 연주하는 거문고의 음색은 신과 인간은 물론 동물까지도 넋을 잃게 만들 정도로 아름다웠다. 심지어 그것은 바람도, 강물의 흐름도 멈추게 할 정도였다. 오르페우스에게는 에우리디케라는 아름다운 아내가 있었는데 어느 날 불행히도 뱀에 물려 죽었다.

오르페우스는 지옥의 지배자 하데스와 그의 아내 페르세포네 앞에서 거문고를 뜯으며 아내 에우리디케를 돌려줄 것을 눈물로 간청하였다. 거문고소리에 감동한 하데스는 오르페우스가 지옥문을 나갈 때까지 뒤를 돌아보지 않는다는

조건으로 에우리디케를 살려주기로 하였다. 오르페우스는 대단히 기뻐하며 이승을 향하여 곧바로 걸음을 재촉했다.

이윽고 지옥문이 보이고 밝은 빛이 들어오자 오르페우스는 아내가 뒤에서 따라오고 있는지 몹시 궁금해졌다. 궁금증을 참지 못한 그는 결국 뒤를 돌아보았고, 그 찰나에 슬픈 비명이 들리며 에우리디케는 지옥의 어두운 길로 다시 돌아가 버렸다. 오르페우스는 지옥문을 붙잡고 통곡하였지만 한 번 닫힌 문은 두 번 다시 열리지 않았다[3]."

지옥의 문을 지키는 개(케르베로스)를 잠들게 하고 저승 신 하데스를 감동시키는 음악이야말로 진정한 시가 아니겠는가. 인간의 한계도 벗어나지 못하는 자가 감히 신들의 세계를 넘보는 것 자체가 우스운 일인지 모르겠으나 그게 뭐 그리 문제가 되겠는가. 바로 그 한계에 도전하는 것이 시인들의 사명이라 생각한다.

3) 이윤기, 『이윤기의 그리스 로마신화1』, 웅진닷컴, 2001. p.225~p.242 필자 요약.

그러하다면 이제부터 필자가 한 편의 시를 구상하고 완성해 나가는 과정에 작용한 원체험으로서의 음악적 삽화를 중심으로 말해보고자 한다.

음악이 흐르면서 곧바로
냄새가 피어나기 시작하는 거였다.
그 어느 때던가
아련한 추억 같은 냄새가
열린 두 귀를 통해 맡아지는 것이다.
라일락 꽃자락이며 클라리넷 선율 끝에
섞여 나오는 가녀린 냄새

– <추억, 혹은 냄새에 관하여> 부분

비 오는 봄날 저녁, 일 나간 아내는 아직 돌아오지 않고 진한 커피를 한 잔 끓여 거실에 앉아 음악을 듣는다. 모차르트의 <클라리넷 협주곡 A장조, K. 622>였다. 음악이 흐르는 순간 오래전에 맡았던 익숙한 냄새가 술술 피어나오는 것이다. 커피 냄새 같기도 하고 향수 냄새 같기도 한 그 냄새는 수년 전 어느 카페에서 흘러나왔던 이 음악과 같이 섞여 나오던 바로 그 냄새였다. 열린 창틈으로 비에 젖은 라일락 향기도 들어오고 아내가 없는 빈집에서 옛 추억을 잠시 떠올려주는 매개체는 모차르트의 음악이었을까 아니면 이 냄새였을까. 이때 일었던 감정을 시로 구성해 본 것이다.

폭우가 쏟아지는 어느 해 8월 말, 중요한 면담이 있었다. 약속 시간에 맞춰 간신히 도착해 시동을 끄고 차에서 내리려는 순간 라디오에서 국악이 흘러나왔다. 김영재 작곡의 해금산조 <적념>이란 곡이었다. 김영재의 해금과 이병욱의 기타 반주로 동·서양의 대표적인 악기가 절묘하게 어울리는 곡인데 그만 옴짝달싹 못하게 돼 버렸다. 약속 시간이 지나 버렸지만 곡이 끝날 때까지 차에서 내릴 수도 없었고 끝나고 나서도 한참 동안 그 여운을 즐기고 있었다.

바로 그 순간에 감당할 수 없는 니르바나의 조용한 전율을 온몸으로 감지할 수 있었다.

강신(降神)의 시간,

일체의 욕망이 오금도 못 펴는

적막강산에 들어앉아
그대로 니르바나에 빠져드는
폭우 속 화엄(華嚴) 주차장!

– <적념> 부분

(2) 욕망의 변주

"자아는 자기의 집이 아니다. 욕망은 욕망의 욕망이며 타자의 욕망이다."

– 자크 라캉[4)]

욕망이란 무엇인가. 정신분석학에서 말하는 욕망이란 언제나 '결핍된 것에 대한 욕망'을 뜻한다. 라캉식으로 말하면 '나의 욕망은 내가 동일화하고 싶은 타인이 내게 바라는 것에 대한 욕망'이다. 들뢰즈(G.Deleuze)와 가타리(F.Guattari)는 한 걸음 더 나아간다. 욕망이란 결핍이 아니라 긍정적인 것이며, 부족한 상태를 반영하는 것이 아니라 오히려 뭔가를 생산하는 힘, 즉 무의식적인 힘이며 인간이 존재하기 위한 근거이자 전제요, 행동을 유발하고 사

4) 남경태, 『한 눈에 읽는 현대철학』, 광개토, 2002, p.170. 필자 요약.

건을 만드는 에너지로 보고 있는 것이다[5]. 그것은 한마디로 우리 인간을 살게끔 만드는 원동력이다. 그것이 육체적이든 정신적이든 간에 욕망이 사그라지는 순간 인간은 급격히 하강 곡선을 타게 된다. 육체적으로 늙었다 해도 욕망이 완전히 꺼져버리는가. 그렇지 않다. 단지 내면 깊숙이 침잠하고 있을 뿐이다. 젊은 날의 욕망은 어떠한가. 초원의 야생동물처럼, 우리에 가둘 수 없는 그 야수를, 그 욕망을 어떻게 잠재우고 달래는가가 바로 일종의 화두인 셈이다.

연병장을 가로질러
병영 깊숙이 파고드는
취침나팔소리처럼
욕망이 끝나는 곳엔
질긴 허무가 오는 법
슬픔이 오는 길목을 지켜 서서
초병(哨兵)처럼
저 가을 푸른 방카 속으로 들어가고 싶다.

– <가을입문> 전문

5) 남경태, 『한 눈에 읽는 현대철학』, 광개토, 2002, p.170. 필자 요약.

욕망이 달성되는 순간 인간은 문득 성취감보다는 허무를 느끼는 것은 아닐까. 그리하여 비록 또 다른 욕망에 눈을 뜨고 눈을 돌릴지라도 가슴 한 켠에서 차오르는 허무감은 어쩌지 못할 것이다. 허무는 욕망의 또 다른 얼굴이 아니겠는가.

프란츠 슈베르트의 현악4중주 <죽음과 소녀>를 듣다 보면 거의 모든 감각이 풀어져 완벽한 이완의 상태에 빠지게 되는 것을 경험한다. 그 어떤 욕망도 범접할 틈새가 없어지는 것이다.

흐린 날의 속리산 풍광을 노래한 <탁발의 시>에서 '풍경이 지워지면서 / 젊은 날 / 서글픈 욕망의 그림자로 남은 산'이란 표현과 일맥상통한다.

젊은 날에는 '헤아릴 수 없는 / 욕망의 축을 돌아……'(<무량사> 부분) 욕망을 해소해야 직성이 풀리는 정열의 나날들이 있었다. 천사와 씨름한 야곱처럼 끈질기게 매달리는 (<한강일기초(抄)>에서 차라투스트라와 씨름하는 시적 화자) 어떤 집념 같은 것 말이다. 그러나 세월이 흐르면서 차츰 순한 양처럼 길들여져야 하는데 그렇지 못한 데서 갈등이 생기는 법이다.

따라서 욕망은 필자의 시에 있어서는 풀리지 않는 영원한 숙제요, 화두로 남게 될 것이다. 하지만 욕망이 완전히 사라지면 시의 생명도 끝나게 되는 아이러니를 누가 있어 설명해 줄 것인가.

3. 나오는 글

"나는 유희하거나 노래를 부를 수 없다. 그런데 시를 지을 때는 나도 노래를 부르거나 유희를 할 수 있다."

–빌헬름 뮐러[6]

어느 시대이고 시인의 가장 이상적인 이미지는 오르페우스라고 생각한다. 소통을 위해 말하는 것이 노래이고 노래하는 것이 곧 말이 되는 오르페우스의 삶은, 죽음의 경계를 넘나들면서 삶의 의미영역을 확장시키고 있는 것이다. 또한 이는 시와 노래의 합일, 예술과 삶의 합일의 가능성을 드러내는 것이다. 특히 언어

6) U. 브레데마이어(Bredemeyer), "Ich kann weder spielen noch singen", Ch. Lange (Hg.), Berlin 1996, Kunst kann die Zeit nicht formen, p. 280.

의 음악화, 시와 인접 예술의 합일화라는 주제는 필자가 추구하고자 하는 시의 세계라 말할 수 있다. 결국 예술시라는 것은 우리의 경험과 행복한 결합을 할 때 비로소 충실한 작품으로 탄생되는 것이다. 현대시가 자꾸 쓸데없는 설명과 사족이 난무하는 경향으로 흐르고 있음을 감안할 때, 간결성과 함축성이라는 시 본연의 특성으로 돌아가는 것은 어쩌면 당연한 귀결이 아닐까 생각한다.

그것을 알면서도 시와 노래의 합일, 예술과 삶의 합일이라는 대명제를 지키지 못하는 것은 어쩌면 지옥문을 나서는 순간 궁금증을 참지 못하고 결국 뒤돌아본 오르페우스의 숙명 같은 것이 아닐까. 그리하여 시란 땅에서 사람들을 매혹시켰듯이 하늘에서도 여전히 부드러운 선율로 올림포스의 신들을 매혹시키고 있다는 '주인 잃은 거문고' 같은 존재가 아닐까.